Ana ha besado a otro

ANA HA BESADO A OTRO

A OTRO

Abril Zamora

Papel certificado por el Forest Stewardship Council®

Primera edición: febrero de 2024

Printed in Spain – Impreso en España

ISBN: 978-84-666-7736-3
Depósito legal: B-20.195-2023

Compuesto en Llibresimes

Impreso en Rodesa
Villatuerta (Navarra)

BS 7 7 3 6 3

*Me pregunto si será ya un capítulo cerrado
o si releeré los versos para nunca olvidar
lo que fui, un día fui algo inevitable.*

«Palabra prohibida»,
Samuraï

1

El beso

Tal vez la sonrisa de Ana Luisa parecía una invitación inequívoca para el chico. O tal vez no. Tal vez su cuerpo estuviera enviando señales para que él llevara escrito en los ojos el pedir permiso para lanzarse, pero no hizo falta, porque ella avanzó el micromilímetro que los separaba. Se besaron. Un pico. Un piquito, como el que le das a tu amiga borracha la noche de fin de año. Un besito inocente, nada. Si en vez de sus labios se hubieran rozado los dedos o los codos, no habría tenido más trascendencia, pero el roce de los labios del muchacho vestido de Britney con los de Ana Luisa Borés fue como deshacer el lazo que envuelve una de esas tartas caras que venden en la calle Serrano —tartas que ella nunca había probado—, y se volvieron a acercar, esta vez jugando mucho más con el tempo, y volvieron a hacerlo. Besarse. Las manos de él entraron en escena, no malpienses, la derecha bajó hasta la cintura de ella y la izquierda, más patosa, se enganchó como un suave imán a la mejilla de la chica, a la que casi le pareció escuchar un clic de acople, como cuando encajas dos ladrillitos de Lego o como cuando armas la última pieza de un puzle y todo cobra sentido en un paisaje perfecto con caballos corriendo en una estampa estática. Qué bucólico todo. Sí, esas cursiladas. Esas justas, porque Ana, en ese beso real y húmedo con regusto a cigarrillo de liar y a gin-tonic, sintió que encajaban a la perfección y se dejó llevar. Y cuando ella se dejaba llevar, las imágenes cursis asaltaban su cabeza porque había crecido viendo putas películas de Disney y series que le habían frito el sentido común, como *Sensación de vivir*, *Los rompecorazones*... y cosas así, donde el único objetivo de las chicas era que el malote de turno cogiera su mejilla con una mano, su cintura con la otra y las besara largo y tendido, estuviera bien o estuviera mal. ¿A quién le importa eso cuando tienes a ese chico controlando la situación y acariciando tus labios con los suyos? Ains... Todo se detiene cuando surgen ese tipo de besos. Los fortuitos, los que aun esperándose son inesperados y nuevos. Recordó el primero, lo apresurado del segundo, lo incómodo del tercero, que fue robado. El quinto, el sexto y los que vinieron después a lo largo de su historia para llegar a ese momento en el que por mucho que lo intentara ya había perdido la cuenta del número que ocupaba ese beso fortuito en el baño de sus amigos en la fiesta de las mil Britneys.

Germán besaba bien. Él lo sabía. Pero ese conocimiento no le restaba pasión, porque no era soberbio con la boca. Era generoso. Había hecho varios cursos de interpretación (su talento actuando no era proporcional a su talento besando, una pena) y sabía que lo básico a la hora de actuar es la adaptación. Adaptarse a lo que te da el otro y, aunque Ana Luisa parecía que ofrecía puro nerviosismo y novedad, él se adaptó y la calmó metiendo su lengua en la boca de ella y haciéndola partícipe de un suave baile, erótico y tierno.

Siguieron besándose.

Tal vez estuvieron cuarenta segundos, pero fue algo tan bonito, intenso e inesperado que desbloqueó una casilla eterna en los recuerdos de la chica. Ese beso. Aquel beso.

Seguro que hay un manual con las reglas de los primeros besos en el que se prohíbe abrir los ojos. Ver resta dignidad, sobre todo en el primer beso. Luego, en la confianza, ya da igual, pero el primer beso es tan íntimo y tan privado que es mejor no mirar al otro directamente y dejar que el secreto quede en los labios para dotarlo de magia, de mucha magia. Ana Luisa Borés hizo trampas. Abrió primero un ojo y luego el otro. Estaba tan cerca de Germán que casi se sintió dentro de él y se separó un chin, muy poco, lo justo para seguir besándole, pero lo suficiente para verse reflejada en el espejo del baño. Esa era ella. ¿Se excitó al verse cogida por la cintura con un tipo con peluca al que acababa de conocer? Totalmente, pero empezó a analizarse y no se gustó un pelo. Se maldijo a sí misma por ser una patética heroína de comedia romántica con una calva de plástico de su novio. Y ahí fue cuando toda la magia, todas las chispas, lo inesperado y, podría decirse, «lo feliz», se tornó gris, y la escalera mecánica por la que estaba subiendo en dirección a las sensaciones y al experimento se convirtió en una rampa fría hacia la sensación de pérdida y desamparo. Para abajo de cabeza, de sopetón. Algo tan básico y orgánico se volvió malo de pronto cuando entró el cerebro a joderlo todo. Puto cerebro. Con lo bien que estábamos. Y las mariposillas luminosas que le hacían cosquillas en la boca del estómago se convirtieron en pedruscos de hormigón, que facilitaron el descenso a lo más oscuro, al fondo de todo.

Ana Luisa quería follarse a ese chico ahí mismo. Quería tener esa lengua trazando un mapa de saliva por su cuerpo, su lengua abriéndose paso por todos sus secretos y por su coño, sobre todo por su coño. ¿Por qué no? Pues porque la calva del disfraz de Fétido Adams que la afeaba y le recordaba a aquel Halloween de 2016 le bajó la libido de doscientos a cero. Pero cero… CERO. Cerísimo.

Germán pasó a los clásicos besitos en el cuello, los besitos chiquitos, ya sabes cuáles, los que son como una intermitencia, esos. Microbesitos. La piel de la chica se erizó; ese era su punto débil y el acople de fichas de Lego, cuerpo a cuerpo, que antes se notaba placentero y un lugar seguro, dejó de serlo. Y el hormigón pesó más y más, y se sintió apretada, acorralada por sí misma.

—Me estoy meando.

—¿Qué?

—Que tengo que mear…, perdona.

Germán desactivó el modo sexy, le quitó las manos de encima y tomó distancia sin saber muy bien lo que estaba pasando, porque se veía a la legua que la frase «Me estoy meando» enmascaraba un: «Apártate, déjame en paz, no quiero seguir besándote, fuera de este baño, que me dejes», etc.

Él obedeció, se retocó la peluca, se acomodó la serpiente de peluche en el cuello y salió. Ana se llevó la mano al pecho, como si quisiera frenar algo, como si quisiera enterrar el secreto y que no saliera en forma de suspiro, pero fue imposible. Empezó a hiperventilar. Se quitó la calva, se abanicó con ella un par de veces y la lanzó al lavabo. Se bajó las bragas y se puso en posición de mear, todo por pura inercia, pero recordó que había sido una excusa, que no tenía ganas, y volvió a toparse con su reflejo: una treintañera con sudadera y las bragas bajadas, despeinada por haberse quitado la calva de plástico... que había besado a otro.

2

Una chica típica

Ana Luisa Borés creía que iba a morir.

Ella sabía que no iba a morir. Todavía no. Pero creía que podía morir en cualquier momento.

El concepto de la muerte en su cabeza tenía lo mismo de tontería como de intenso pensamiento recurrente.

Pensar que la palmaba, así como de un modo fugaz y poco anunciado, era para ella un símbolo de madurez, o eso se repetía, porque desde que cumplió los treinta y cuatro en agosto, hacía cuatro meses escasos, se había incrementado su miedo. Miedo por llamarlo de alguna manera. Porque a Ana Luisa Borés no le daba miedo morir, y eso sí que la atormentaba.

Morirme me parece básicamente un marrón, porque no me gusta improvisar. Me gusta tenerlo todo controlado, y Guille es incapaz de recordar ponerle la comida a Pistacho, así que si me muero yo, el gato va detrás, eso fijo.

Ana Luisa Borés sentía que con sus treinta y cuatro estaba un poco en tierra de nadie a lo que a las crisis existenciales se refería. La de los treinta la había pasado años atrás, mucho antes de cumplirlos. Sí, ella solía anticiparse… Como cuando le vino la primera regla en los baños del parque de atracciones de Madrid con diez añitos, mucho antes que a María Jesús o a Conchi, sus amiguitas a las que sí que les crecieron las tetas antes que a ella, eso es así. Ella con las crisis se anticipaba, y eso era un poco lo que también le estaba pasando con la muerte. Había empezado a pensar un poco en ella para que no le pillara desprevenida. No le gustaba dejar cabos sueltos ni improvisar, ya fuera en los espectáculos o en la vida.

A ver, no es que Ana fuera controladora, pero no le gustaban mucho las sorpresas, el desorden, llamar la atención ni los líos, así en general. Y en la deliciosa contradicción de querer saber lo que iba a pasar y aburrirse en la rutina se encontraba la muchacha.

Pero ¿quién era Ana Luisa Borés? Esa chica típica. Suena ofensivo, pero era su manera de definirse.

Bah, la típica. Que sí, que sí. La típica. Una vez soñé que era una superheroína, una de esas que dibujan los tíos con mallas y superperas. Tenía una vida llena de acción y salvaba al mundo de unos villanos terribles disparando rayos láser (o fuego, no me acuerdo) por los ojos, y creo que ha sido de las peores pesadillas que he tenido nunca. Con acabar la jornada en el restaurante vegano en el que curro sin entrar en colapso o sin llorar del cansancio cuando me quito los zapatos tengo más que suficiente.

Y es que había aprendido a conformarse con las pequeñas cosas y a no anhelar otras.

Tal vez ese pensamiento recurrente relacionado con la muerte era su manera inconsciente de insuflarse un poco de vidilla. Qué curioso. Cuando se despertaba en medio de la noche porque había estado durmiendo sobre su brazo derecho y lo notaba entumecido o el hormigueo posterior, pensaba que ya la estaba palmando. Se miraba desde fuera, tipo viaje astral, y no despertaba a Guille ni empujaba al gato de entre sus piernas. Solo asumía que ese era su fin, y sí, claro que le parecía triste, pero no por morir en sí, sino por morir así. Siendo una camarera del montón, aburrida, sin nada memorable en su recorrido, que había pasado por la vida como una figurante cualquiera, esa con la que se cruzaron los protagonistas en un paso de cebra.

¿Quería cambiar eso? No. ¿Por qué? Porque era vaga.

Ana Luisa tenía cáncer tres o cuatro veces a la semana. Se lo diagnosticaba ella misma, claro. Se le daba genial. Eran cánceres raros que se curaban con un paracetamol, un ibuprofeno o un cuarto de libra de McDonald's y un poco descanso, pero a cada rato volvía a caer en el autodiagnóstico supervisado por el doctor Google, que podía afirmar sin pestañear que ese leve dolor de cabeza era claramente el efecto de los tumores que la estaban destruyendo por dentro. Sufría, pero luego se le olvidaba.

Pero ¿por qué consideraba que era típica? La respuesta era sencilla: porque nunca se había considerado bonita, guapa o destacable… y se había acomodado mucho en el montón, tirando a bajo, por decisión propia. Pensaba que si quedaba relegada a la mediocridad tendría menos problemas y le gustaba pasar desapercibida. No se sacaba mucho partido (desde que tenía novio, menos) y su rostro siempre vestía una expresión levemente apretada, la mueca que tiene cualquiera al pintarse las uñas de la mano derecha, una mezcla de seguridad, miedo y ganas de enviarlo todo a tomar por culo.

Sí, esa era Ana Luisa Borés.

3

La noche de las mil Britneys. Antes del beso

Obviamente cuando Ana Luisa Borés se levantó esa mañana, no sabía que la noche le traería un puñado de quebraderos de cabeza. Mientras servía Heura como segundo plato del menú, no podía ni siquiera sospecharlo.

Cuando volvía en metro a su casa o caminaba por una de esas calles con nombre de rey godo (sí, en su barrio todas las calles se llamaban Alarico, Amalarico, Gesaleico, Sigerico y muchos otros «icos») ni se le pasaba por la mente que aquel día, ese en el que deseaba llegar a casa, ducharse y quedarse frita mientras Guille jugaba a la consola, el destino le tenía preparado un entretenido giro de los acontecimientos. A ver, tampoco te esperes una abducción o un accidente, lo que le va a pasar es lo del beso. Para ti es una cosa sencilla, pero para ella, que es la hostia de aburrida, pues no.

Todo empezó con Bea, su amiga, la que dice que es bisexual, la que tiene el tono de voz potente como si estuviera dando una charla TED frente a miles de personas en un auditorio, sí, esa que llamaba a su puerta vestida de chándal y pintada de amarillo. *Ojalá no hubiera abierto la puerta*, pensó al día siguiente, pero Ana era sosa, no vidente.

—¿Qué haces pintada de amarillo? —dijo Guille flipando desde el sofá.

—No, ¿qué coño hace tu puta novia en puto pijama? ¡Pedazo de puta! Que nos tenemos que ir —contestó Bea a grito pelao.

Sí. Dijo «puta» demasiadas veces, pero Bea era así, excesiva, y pensaba que ser malhablada la hacía parecer más auténtica y verdadera, un error de manual de las chicas que han tenido problemas con sus madres y han querido revelarse a golpe de sinceridad de baratillo. Bah, nada importante.

—Uy, uy, uy… ¿Hepatitis? —musitó Ana desde el sofá.

—No, cariño, soy Britney.

—Britney china —rio Guille.

—No, eso es muy racista. SUPERRACISTA, das asco, Guille. Soy Britney de *Los Simpson*, que no tienes cultura televisiva ni tienes nada.

—Ah.

La pareja no parecía reaccionar al torbellino de energía que había entrado por la puerta y tampoco se adaptaron muy bien cuando Diana entró con el traje de colegiala de «Baby One More Time», con el que se la veía disfrutar de lo lindo. Sí, tener cerca de cuarenta no era impedimento para gozárselo con los calcetines por encima de la rodilla.

—No puede ser. No puede ser. —Otra que flipaba al ver la pachorra de la pareja.

En ese momento, Ana cayó en la cuenta de que era la fiesta de las mil Britneys, el cumple temático en el que uno de sus amigos gais obligaría a todo su entorno a formar parte de una bizarrada extrema y gay, megagay, en el peor sentido de la palabra. Algo tan horrible como disfrazarse. El año pasado fue de princesas Disney putillas; este año, más predecible, tocaba la noche de las mil Britneys, y a Ana, aun habiendo puesto dinero para el regalo, se le había olvidado, porque era esa clase de chica que silenciaba los grupos. Bizum hecho, grupo silenciado.

La negativa no era una opción. Los pies, los ojos y sobre todo el hígado de la chica estaban pidiendo cama a gritos, pero la cama se alejaba a pasos agigantados con cada uno de los argumentos de sus amigas.

—Dijiste que irías.

—Pusiste para el regalo.

—Cuentan contigo.

—Han comprado Puerto de Indias, que solo te gusta a ti.

—Vas a quedar fatal.

—Vas a quedar fatal.

—Vas a quedar fatal.

Ojalá vivir en un mundo, o en una sociedad, en la que se pueda ser fiel a los impulsos. ¿No te apetece ir a la fiesta? Pues no vas y nadie se enfada, pero no. Nos metemos en berenjenales para no decepcionar. «Defraudar» es el verbo más doloroso de conjugar y Ana no quería que nadie pudiera asociarlo a su nombre.

—Es que no tengo disfraz.

Ana intentaba quedarse en casa con uñas y dientes.

—Así de andrajosa y con esa sudadera pareces Britney de 2007 —resolvió Bea.

—¿Tienes un paraguas? —preguntó Diana viendo totalmente claro el outfit. Sí, ella era la única que sabía un poco de moda del grupo.

Ana no podía creer que lo dijeran en serio y, como si de un programa de cambio de imagen se tratara, sus amigas le atribuyeron una Britney. Tal vez la que más pegaba con su personalidad.

—Nadie va a saber que voy de Britney en el 2007. No me voy a rapar la cabeza.

—A ver...

Guille firmó la sentencia de fiesta cuando de una bolsa que estaba dentro de otra bolsa que estaba dentro de una caja sacó una calva de cuando se disfrazaron de Fétido y Miércoles Adams en uno de esos Halloween que se curraron. Bueno, en el Halloween en el que se lo curraron. No fueron muy originales, pero ese principio de Diógenes del muchacho por fin había valido para algo.

—Mira que me has dicho que tirara esta mierda... y ya ves, ahora le vas a dar un uso. Póntela, venga.

Ana suspiró y no vio alternativa alguna a ponerse la calva de plástico que más que a Britney de 2007 evocaba a los últimos coletazos de Chiquito de la Calzada. Y sí. Las tres amigas se marcharon en coche. Una colegiala, una muchacha amarilla como con problemas hepáticos y una chica con una calva reciclada.

—Tininin... *Oh... Baby, baby...*

4

La fiesta

¿Sabes eso que dicen de que la fiesta a la que no quieres ir puede ser la mejor de tu vida? Pues no. No era el caso.

Chacho y Josué sabían hacer fiestas si lo que entendemos por hacer fiestas es comprar litros de alcohol barato en Mercadona, encender las bombillas de colores que compraron hace años por AliExpress (que sorprendentemente seguían funcionando) e invitar a su piso del centro a un puñado de gente *random* y darle al *play* a una lista de Spotify que ni habían tenido la decencia de crear ellos mismos. Con lo fácil y divertido que es eso.

Los anfitriones disfrutaban con dos cosas.

La primera era exhibir su amor. Se querían mucho. Pero mucho. Tanto que resultaba empalagoso. Sí, eran esa pareja que a la semana de conocerse ya estaban viviendo juntos, planeaban casarse, ser papás y que servían como ejemplo de que la chispa del inicio no siempre muta a familia o a comodidad, sino que hay parejas que viven el amor y la relación como si siempre fuera un domingo. Y siempre es domingo en la cama de Chacho y Josué. Ellos no conocían un mal miércoles o una mañana aburrida de jueves. Ellos se necesitaban y disfrutaban sorprendiéndose, follando y compartiendo a diario, algo que parecía poco propio ya en su quinto año de relación, pero ahí estaban y eran felices. Sin embargo, para muchas parejas ver gente que encaja mejor en el molde que nos vendieron las películas más que un sentimiento adorable les provoca picores por todo el cuerpo y ganas de apartar la mirada. Pero ellos no se cortaban. Morreo por aquí, abrazo por allá y apodos ñoños donde los haya. Apodos tan garrapiñados que hasta me da vergüenza escribirlos. No, no puedo. No.

La segunda cosa... no, no había una segunda. Ellos eran disfrutones y ya está. Exhibir su amor era lo que más placer les producía.

¿Quiénes eran? Unos chicos que se querían. Sí, uno trabajaba en Fnac y el otro, en La Caixa. Claro que tenían entidad propia, pero desde un tiempo para acá se habían convertido en un simpático duplo donde lo relevante era su amor y el velcro de sus manos más allá de lo que ellos pudieran representar individualmente. Todo el mundo pensaba que eso era tóxico; ellos no, y eso es lo que importaba.

En Madrid hay pisos cutres, zulos, madrigueras y cuartos de escoba con precios elevados, pero el piso encima del Teatro Lara en el que vivían esos dos era lo que se llama un «piso de renta antigua» o «la envidia de cualquiera». No tenían megasueldos, pero Chacho llevaba viviendo allí desde que llegó a Madrid, y la ancianita que se lo alquilaba estaba obsesionada con Jorge Javier Vázquez y le hacía gracia que un chico «así», como ella decía, viviera en su casa, por lo que nunca le había subido ni un euro el alquiler —y fíjate, en la pandemia le perdonó la mensualidad varias veces. Qué maja—. Ellos no lo sabían, pero un par de años después, la ancianita entrañable fallecería un poco de la nada y su hijo no sería tan majo y acabaría poniéndolos de patitas en la calle, pero como falta mucho, centrémonos en esa noche, la de la fiesta.

Ana Luisa Borés no se quitaba la cara de cansancio ni con el chupito de Thunder Bitch ni con el segundo Puerto de Indias con tónica. Los éxitos de Britney sonando una vez tras otra y todas las personas intentando ser sexis con sus *cosplays* de última hora la estaban empezando a cansar y ya estaba echando el cálculo de los minutos que tendría que aguantar para no quedar mal. Ya tenía pensada la excusa, no sería muy original: mañana madrugo y bla, bla, bla…

De 22.30 a 22.45 no hizo nada más que mandar callar a Diana, que no paraba de decir «*Oh baby, baby…*». Es cierto que la cabrona llevaba el disfraz uno punto uno con el de Britney y que, para rozar los cuarenta, tenía unas piernas envidiables, y los calcetines, sí, los que se gozaba, le quedaban de muerte. La faldita de tablas era una victoria para ella. Empezó la transición de género muchos años atrás y esa prenda icónica que había estado prohibida para ella en su adolescencia, que era cuando le hubiera tocado vestirlas, la estaba conectando con eso mismo, con la niñata que nunca pudo ser pero que tenía superdespierta en su corazón. El disfraz de Bea se estaba desintegrando. Su pintura amarilla estaba manchando a todo el mundo y ya había dejado de ser gracioso para convertirse en un puto asco. La gente se apartaba de ella cuando cruzaba el pasillo en busca de más hielo, qué pena.

Cerca de las 23.15 una chica llamada Almudena, que había venido directa del curro y que no llevaba disfraz —chica lista—, ató cabos y entendió en una banal conversación que Ana Luisa era la profesora de gimnasia de su abuela y le dijo que todas las yayas del grupo estaban encantadas con ella, que disfrutaban mucho.

Obviamente la conversación derivó a lo corta que es la vida, a los abuelitos que viven solos y esos tópicos que Ana escuchaba una vez tras otra cuando comentaba que su pluriempleo consistía en hacer brincar a un puñado de viejas en el parque de San Isidro mientras escuchaban a Raphael o Camilo Sesto.

ABURRIDA (así, en mayúsculas). Ana Luisa Borés decidió hacer una buena bomba de humo, irse a la francesa y, de conversación tonta en conversación tonta, fue acercándose a la puerta como una auténtica ninja. Querer huir podía sacar a relucir todo tipo de habilidades inexploradas, como por ejemplo el sigilo, aunque Ana pensaba que su único poder era la invisibilidad y pensaba exprimirlo lo máximo posible para que nadie se diera cuenta de su ausencia.

Casi podía palpar el pomo de la puerta, qué cerca estaba, pero cometió el error de girarse para ver cómo dejaba el campo de batalla previo a su fuga. Y ¡zas! Entre todos esos disfraces cutres de la princesa del pop vio a un chico que le devolvía la mirada, que le sonreía mientras levantaba la mano entre un saludo y una despedida. Ana no entendía nada. A ver, el chico llevaba una peluca, pero no le resultaba nada familiar. Ella levantó la mano y dejó que sus pies y la inercia hicieran el resto. Cruzó el salón hacia Germán.

—Joder, tu disfraz es el mejor de todos.

—Gracias. No nos conocemos, ¿no? —dijo ella dudando de verdad.

—No, no, es que he visto que te ibas y quería decirte que mola mucho tu disfraz y ya está.

—Ah. Guay. Gracias. El tuyo también es genial. No soy muy fan de Britney, ¿cuál eres?

—Pues soy... la de «I'm a Slave 4 U».

—Ah.

El chico, entre avergonzado y encantador, tuvo que tararear la cancioncita moviendo el culo como si fuera una stripper de esas adictas al crack que salen de vez en cuando en *Padre de familia*, y Ana no pudo hacer nada más que caer en la risa tonta, en la risa de pava...

—¿Te ibas ya? —preguntó él.

—Sí, es que madrugo mañana. —Mentira.

—¿No te quieres tomar una última? —Él lo estaba intentando.

¿Una última? ¿El chico está intentando ligar conmigo? ¿En serio? ¿Qué es? ¿Alguna clase de pervertido que se excita con chicas con calvas? A ver... yo guapa guapa no estoy y con todas las tías zorronas que están contoneándose con traje de látex rojo me parece totalmente imposible que alguien se haya fijado en mí. Supongo que eso, ese factor, ha sido el que ha hecho que me quede, que me haya puesto otra copa y que siga de palique con él y, sin darme cuenta, supongo que totalmente emocionada porque me siento especial al ver que un chico con semejantes pectorales intenta rozarme la mano todo el rato, he caído rendida y le he seguido al baño un poco sin saber qué coño está pasando ni qué coño estoy haciendo.

5

Lo que Ana Luisa quería ser

Me encantaría decirte que Ana Luisa Borés soñaba con ser escritora o que tenía un talento innato para la música. Pero ella no era una heroína aspiracional.

¿No te parece que a veces nos han machacado, casi obligado a tener objetivos de ese tipo?

Ella nunca supo qué quería ser, y reconocerlo, cuando todo el mundo te lo pregunta, es más duro de lo que parece.

Una vez, cuando tenía cuatro años, le preguntaron qué quería ser de mayor y ella lo pensó y dijo:

—Repadtidora de pitsaaas.

—¿Por qué?

—Eh… Podque me guzta la pitsa. Mucho, y van en moto. Bruuum. Bruuuum.

Todos los adultos se rieron de ella, como si lo que le hacía ilusión a la niña fuera un trabajo de mierda que no valía la pena. No le gustó que se rieran y se sintió mal. Esos pequeños gestos hicieron que fuera más hermética con sus gustos, que no los comentara, algo que traería de cabeza a los Reyes Magos, que acaban comprando cualquier cosa de la penosa zona rosa del catálogo de juguetes de El Corte Inglés.

Es una anécdota tonta, irrelevante, pero el temita salía muy a menudo en sus sesiones de terapia porque para ella tenía mucho significado.

Ana Luisa no tenía hobbies y se sentía mal. Le daba envidia la gente que se apuntaba a cursos o que tenía aficiones marcadas desde bien pequeña. Las redes sociales tenían cosas buenas, pero entre las malas estaba el ver a gente con aficiones y talentos mientras ella intentaba engancharse a modas y carros ajenos. Aficiones de una tarde que le hacían gastar dinero y acumular basura en casa como, por ejemplo, un montón de moldes de silicona para hacer tartas. O lanas y agujas para tejer. O una equipación completa para apuntarse al curso de *twerking*, como Henar Álvarez. O las acuarelas por si se le daba bien la ilustración infantil o los aceites esenciales para los masajes relajantes… Pero nada. Nada le cuajó. De los bailes latinos ni hablamos y una vez, no te lo vas a creer, intentó afiliarse a Más Madrid y cambiar el mundo, pero solo cambió la intención por un paquete de palomitas para microondas y una temporada de *Las Kardashian*. Lo intentó muy fuerte con una movida llamada «*needle felting*», una cosa de moda en la que picabas con unas agujas especiales una clase de lana para darle formitas de simpáticos animales. Ella no consiguió animales, solo un puñado de pinchazos en las yemas de los dedos para que recordara, mientras fregaba los platos, que el arte no era lo suyo.

Por eso empezó muy joven a trabajar de cualquier cosa y nunca encontraba la frustración, como sí hacían el resto de sus amigas, porque no aspiraba a nada. Si quieres ser actriz y trabajas en una consultoría, te frustras. Si no quieres ser nada y trabajas de teleoperadora, no te frustras; maldices igual, pero no te frustras.

Trabajó en el comedor de un colegio, pero le daban asco las condiciones y le parecía mal servir esa comida a los chiquillos. Dos días duró. Lo intentó como comercial a puerta fría, pero le dio vergüenza hablar con desconocidos y joderles la siesta. Una tarde duró. En Dunkin' Donuts estuvo varios meses, pero la despidieron porque llegaba tarde y no siempre era maja con la gente, le venía mal ese curro. En Zara no la cogieron. En Bershka, tampoco. Su madre tenía una amiga (digo «tenía», porque ya no se hablan) que la metió en la churrería de su nuera y durante dos años Ana Luisa Borés fue churrera. No te imaginas cómo olía su ropa, no, no te lo imaginas. Pero la churrería quebró... Los churros quedaron desbancados por los *brunches* y acabó currando en el Malpica un tiempo y en el Circo, ambos locales del mismo dueño. Luego conoció a un tipo al que le cayó en gracia (que se enamoró de ella, vamos), le dijo que iba a abrir un restaurante vegano y que si quería podía currar allí; dijo que sí. Y hasta ahora. Él se desenamoró de ella, pero ella siguió allí, currando y sirviendo menús basados en plantas y legumbres.

Cuando le preguntas a una persona de treinta y cuatro años a qué se dedica en Madrid y te dice que es camarera, la siguiente pregunta es:

—Pero ¿y qué te gustaría hacer?

La respuesta siempre era la misma.

—¿Qué quieres decir?

Claro que ella sabía lo que querían decir, pero le parecía

tan ofensivo como que se rieran de una niña de cuatro años que quería ser repartidora de Telepizza. No todo el mundo quiere ser el futuro premio planeta, disco de oro o entrar en un *reality*. Hay gente que está tranquila haciendo lo que le ha tocado, y ella intentaba disfrutar de lo que hacía, aunque la gente la mirara con condescendencia. A tomar por culo esa gente.

—No, no, pero ¿qué te gusta hacer?

—Pues… dormir, comer… Como a todo el mundo.

Es cierto que hay algo de construcción social en los camareros y camareras, algo así como que se eligen roles. Hay gente dicharachera, exageradamente atenta o simplemente cordial. Ella era sufridora y perfeccionista. Pecaba de seca, pero siempre lo pasaba mal si las comandas se retrasaban en la cocina y le gustaba que todo estuviera perfecto cuando los clientes se sentaban. Se le daba bien. Era veloz, no siempre sonreía, pero se ganaba la propina como la que más.

Y su otro trabajo… Sí, daba para más conversaciones. Los martes y los jueves impartía clases de gimnasia para personas mayores. Un curro que le llegó de rebote. La gente que se dedicaba a la educación física pondría el grito en el cielo si viera los ejercicios que planteaba la muchacha. Sus clases eran para la educación física lo que el surimi para una espectacular emulsión de bogavante en un restaurante con estrella Michelín, pero cumplía su cometido, chica. Como decía Guille.

—Lo que tú haces es canguraje de viejas.

Sí, lo era. Las hacía saltar, brincar, caminar, se reían y escuchaban música que les gustaba a ellas, pero el grueso de la clase era el antes y el después: la cháchara. Ellas hablaban de todo, hacían corrillos y en el grupo era obvio que estaban las populares y las betas, como si de una clase de instituto americano se tratara.

Ana Luisa se planteaba muchas veces el dejar esas mañanas de martes y jueves, pero luego llegaba allí y se lo pasaba bien, porque era dinero fácil y porque no tenía abuela y estar con personas mayores la hacía sentir más útil que explicar lo que llevaba una hamburguesa vegana de Beyond Burger en el restaurante en el que trabajaba.

Cosas.

6

Un chico con una serpiente en el cuello

Germán no tenía una historia tras su nombre. Sus padres le pusieron ese nombre porque les gustaba y ya está. Sobre todo le gustaba a su padre. Germán. Estuvo repitiendo el nombre los últimos tres meses del embarazo, todo el verano. A veces por lo bajo, casi como un susurro, y a veces rotundo, dejándolo caer en las conversaciones en el bar o en las partidas de dominó con sus colegas cual adoquín lanzado sobre la mesa. Germán, Germán. GERMÁN. Le parecía que era contundente como un apretón de manos, fuerte y masculino. Pero el chico no fue ni fuerte ni masculino. Era masculino, pero no como le hubiera gustado a su papá. Era un chico masculino que había entendido el feminismo y que se consideraba un aliado. Era un chico masculino que había acompañado a su amiga Elena a abortar aquel día. Era un chico masculino al que le gustaba planchar las sábanas, le relajaba. Era tan masculino que cuando su amigo Lope se le declaró en una fiesta de fin de año, se fundió con él en un abrazo y lo besó en la mejilla. Era tan masculino que iba a una psicóloga todos los jueves lloviera o tronara. Era tan masculino que organizó un recital de poetisas españolas en el Aleatorio, el bar de otro de sus colegas. Era tan masculino que tuvo que dar un golpe en la mesa (con la rotundidad con la que sonaba su nombre, sí) cuando su padre dijo que iba a votar a Vox. Y se manchó las manos de pintura negra haciendo una pancarta en contra de la tauromaquia. Pero no era el chico masculino que esperaban, era mejor.

Siempre le gustó la interpretación y, aunque trabajó en pequeños cortos cutres a escondidas de sus padres, no fue hasta los dieciocho, que se emancipó y empezó a leer a David Mamet, cuando tuvo la gran revelación.

—Soy actor. Voy a ser actor. Sí. Soy ACTOR.

La cara y el cuerpo le abrieron un camino fácil en el mundo de la publicidad, y pasó de trabajar poniendo copas todos los fines de semana en la Sala Sol a ser la cara del BBVA en una campaña que intentaba motivar a los jóvenes a pedir una hipoteca, ideas locas del marketing. De ahí pasó a un anuncio de Carrefour, y luego a un anuncio megainclusivo y muy polémico de un centro comercial regentado por señores del Opus, donde aparecía haciendo de papá joven junto a otro papá. Dos papás. El anuncio se retiró rápidamente; la gente que compraba los uniformes para sus hijos en ese centro comercial no entendieron que un niño pudiera tener dos padres y les pareció adoctrinamiento de género o algo así, pero vamos, eso no detuvo la carrera de Germán, no. Luego llegó una saga de anuncios de una gasolinera en la que interpretaba a un guapo cajero sonriente, y el famoso anuncio de Port Aventura en el que se montó repetidas veces en el Dragon Khan. Fue ahí, en una de esas vueltas, tal vez la treceava, cuando se dio cuenta de que tenía que dejar la publicidad, de que no se sentía valorado como actor y de que solo lo llamaban por su espectacular sonrisa de dientes blancos alineados y su corte de pelo desaliñado, y no por la capacidad de meterse en la piel de sus personajes sin texto. Eso sí, se puso a tope. Grabó varias secuencias en un curso de interpretación ante la cámara por el que pagó casi quinientos euros simplemente para que lo viera un director de casting, que nunca le llamó para una prueba, y entró de lleno en el desagradecido mundo del microteatro, donde todo el mundo tenía cabida.

¿El chico tenía talento? Es lo mismo que preguntar si el cilantro está rico. Hay gente a la que le gusta y gente que lo odia de un modo genético, pero te guste o no, sabes que lo que estás comiendo tiene un regusto raro, como jabonoso. Él, igual.

Es curioso que a un chico tan mono y tan majo como él nunca le hubiera ido bien en el amor. Los motivos se podían resumir en una palabra: aburrimiento. No era un chico aburrido, no lo era. Las chicas con las que había estado se encaprichaban de él valorando su exotismo, altura y sonrisa, pero a la hora de la verdad, el que tuviera un relleno blandito hacía que sus seminovias se aburrieran a la larga y buscasen otro tipo de emociones. Decimos que no, pero el canallismo es un rasgo que atrae y en su hoja de personaje no aparecía por ningún sitio. Por lo que siempre era el romántico empedernido, el muchacho atento, el perfecto amante del que aburrirse… Las moscas siempre acaban yendo a la lámpara luminosa aun sabiendo que se van a quemar, y él era una luz led de esas que puedes tocar sin ningún tipo de consecuencia. Los beneficios del led son todos, pero parece que en algunos momentos estamos programadas para ir directas al peligro. Maldito Danny Zuko, malditas chupas de cuero, malditas motos robadas. Maldito Mario Casas. Malditos tres metros sobre el cielo. Mierda.

Ese magnetismo, aunque fuera de pose o efímero, fue lo que atrajo a Ana Luisa Borés a aquel baño. Supongo que fue eso sumado a la sensación de sentirse deseada por un chico desconocido con los abdominales más definidos que había visto en su vida. Saber que podía atraer de un modo real a un tío con ese cuerpo la hacía sentirse de lo más validada y puede que fuera lo que ella necesitaba en ese momento.

7

Después del beso. Conversaciones en un portal de Malasaña

Ana Luisa se colocó de nuevo la calva, como si fuera un elemento indispensable, como quien se pone unas gafas de buceo antes de bajar a las profundidades del mar, y salió del baño a toda pastilla.

Miraba al suelo y deseaba no toparse con Germán de cara. Decidió retomar la bomba de humo donde la había dejado antes de conocer al chico. Cruzó el salón. Corrió hacia la puerta. Le pareció que alguien gritaba su nombre, pero no se giró, solo huyó y bajó las escaleras, casi propulsada por su propia agitación. Si se hubiera caído por la escalera, se habría roto en mil pedazos.

¿Sabes esos momentos en los que te da la sensación de que vives en una serie? Si no lo sabes, es porque no estás saliendo de casa a patear las calles ni exponiéndote al mundo. Ana Luisa conocía a la perfección ese momento, esa sensación de que solo era una mera espectadora de su existencia, como si alguien escribiera por ella las situaciones y los diálogos en sus conversaciones. Como si fuera la protagonista (o la secundaria, tampoco nos flipemos) de una serie de la tele.

Ana paró en seco, convirtiendo ese portal de Malasaña en un perfecto interior-noche. Bea trotó escalera abajo como un caballo desbocado al que poco le importa el descanso de los vecinos.

BEA: ¿Dónde vas?

Cagada.

BEA: ¡Ana!
ANA: ¿Qué?
BEA: Que ¿dónde coño vas?
ANA: Ay, chica, ¿a ti qué te parece? A mi casa, a mi puta casa.
BEA: Pues no me parece bien.
ANA: Y ¿qué quieres que te diga?
BEA: Que te quedes.
ANA: No.

A lo que Diana apareció también. No podía desperdiciar un buen chisme o que tramaran algo sin ella.

DIANA: No me digáis que os estáis metiendo rayas en el portal de Chacho.
BEA: Anda, la otra.
ANA: Que me voy.
DIANA: Pero ¿ahora vuelves?

BEA: No.

ANA: No.

DIANA: ¿Por?

BEA: No lo ha dicho.

DIANA: Ana, tía, ¿por qué te vas? Si es por tu disfraz, no vale la pena. Ya has visto a la peña, menudo cuadro. Si hubiera un concurso, está claro quién ganaría.

ANA: Sí, tú, cariño, sí. Tú, cariño, tú ganas siempre, tú eres la mejor.

BEA: Anda, vamos para arriba.

ANA: No. Que mañana madrugo… ¡No! No lo quería decir. Que me voy a casa, porque me duele muchísimo la barriga, no sé qué tengo, algo me ha sentado mal. Comí sushi y…

DIANA: Vámonos a urgencias, pero ya. ¿Llevas la tarjeta sanitaria?

ANA: No, me voy a casa a descansar y a cagar tranquilamente. Es como una sensación de gases y tengo que sentarme.

BEA: Por eso has estado tanto rato en el baño.

ANA: Por eso.

DIANA: Tía, vamos a urgencias. ¿Quieres que te quiten un trozo de intestino? No quieres, ¿a qué no? El anisakis es terrible.

BEA: Lo de…

DIANA: Sí, lo de… Eso. Fatal. Isabel Ordaz, la actriz que hacía de la Hierbas en *La que se avecina*…

BEA: En *Aquí no hay quien viva*.

DIANA: Donde sea, tuvo anisakis y lo pasó fatal, pobrecilla. Cariño, si has comido sushi y te duele la barriga, vamos a urgencias, pero ya.

ANA: No vamos a ir a urgencias.

BEA: ¿Por qué?

ANA: Porque no es para tanto, porque no, porque vais disfrazadas.

BEA y DIANA: Anda ya.

Y a la mínima empujaron a la chica a un taxi y la llevaron al Gregorio Marañón.

Ana Luisa, que había olvidado por un momento que llevaba una calva chunga coronando su cabeza, fue incapaz de impedir que su realidad se convirtiera en un chiste y se vio a sí misma en un taxi escuchando historias terribles sobre un parásito que atacaba al intestino o fingiendo un dolor terrible en la consulta de triaje de urgencias.

Allí estaban las tres amigas en la sala de espera. Disfrazadas, un poco borrachas y preocupadas por la salud intestinal de una de ellas hasta que la voz de megafonía llamó a Ana Luisa Borés.

DIANA: Hala, para que luego digan de la sanidad pública, no ha sido tanta espera, ¿eh? Qué gusto, qué rápido.

ANA: No voy a entrar.

BEA: Ah, vale, perfecto, hemos estropeado la noche por tu capricho y ahora no quieres entrar.

DIANA: Es algo típico, te duele todo y cuando llegas a urgencias, se te pasa. Pero no hagas caso a tu cuerpo, hazme caso a mí que soy tu amiga y sé de esto. Cuando Isabel Ordaz…

ANA: ¡Me da igual Isabel Ordaz! No sé quién coño es…

BEA: La que hacía hierbas en…

ANA: ¡QUE ME HE ENROLLADO CON UN TÍO!

BEA: ¿Y?

ANA: Pues que no os lo quería contar y me quería ir a mi puta casa porque me siento mal.

DIANA: Guau...

ANA: Diana, no me mires así.

BEA: ¿Qué quiere decir «enrollarse» para ti?

DIANA: Enrollarse es enrollarse.

La voz de megafonía insistió llamando a Ana Luisa de nuevo.

BEA: No, para mí enrollarse es follar y para ti es un beso. ¿Para ti qué es, Ana?

ANA: Para mí, como para ella. Un beso.

BEA: ¿Un morreo y ya está?

DIANA: Y ¿«ya está»? ¿Te parece poco? Que tiene novio, ¿sabes? Que tiene un pacto de fidelidad y aunque tú no respetes nada en la vida, ella sí que lo hace... O lo hacía.

ANA: ¡Diana!

DIANA: ¿Qué vas a hacer? Se lo vas a decir a Guille, entiendo.

BEA: No se lo va a decir.

ANA: No se lo voy a decir.

DIANA: Guau...

BEA: Diana, ¿puedes dejar de comportarte como una puta?

DIANA: ¿Yo? Ah, vale... O sea, yo soy la puta. Perdona, Ana, no te ofendas, pero entiende que flipo un poco, sobre todo porque Guille también es mi amigo, o sea, no tanto como tú, pero imagínate la próxima vez que lo vea. Yo personalmente prefiero que se lo digas.

BEA: Lo que tú prefieras es cosa tuya, cariño.

DIANA: ¿No se lo vas a decir?

ANA: Es que ha sido algo tan insignificante como un beso.

BEA: Claro. Y aunque hubieras follado. La fidelidad es una construcción social impuesta a las mujeres para que nos portemos bien, es un puto invento del patriarcado. Que ella quiere a Guille, ¿a que sí?

ANA: Sí.

BEA: Pues ya está. Eso es lo importante. ¿Ha simbolizado algo para ti que trastoque tu relación?

ANA: No, no, no... Creo que no. No.

BEA: Pues fin.

DIANA: Yo no lo veo así.

BEA: Me alucina que una cuarentona transexual vestida de colegiala pueda tener un pensamiento tan arcaico de lo que supone un acto tan chorra como un beso.

DIANA: Guau. Gracias, Bea, por dejarme siempre como la mierda por tener una manera propia de pensar. Para mí el feminismo no es comportarse como una fresca, lo siento.

ANA: Oye, oye, oye.

DIANA: Ya me entiendes. Perdona, cariño. Creo que se puede perdonar una infidelidad, pero no la mentira que conlleva. Vete a tu casa y cuéntale a tu novio lo que ha pasado. Él, que es majísimo, lo entenderá, y fin.

BEA: No la escuches. No se lo cuentes, porque él no va a saberlo nunca. La infidelidad es algo tan privado que no tienes ni que contárselo a tu pareja. Ha sido una tontería.

DIANA: No ha sido una tontería.

BEA: No, ni poco.

DIANA: Ana, hazme caso, haz lo correcto.

BEA: Haz lo correcto. No le hagas caso.

Y con esas dos opciones dándole vueltas en la cabeza, Ana Luisa tomó un taxi hasta su casa.

Abrió la puerta tras una larga pausa acompañada de un suspiro profundo. Subió la escalera y se encontró a su novio dormidito, respirando con la boca abierta, y pensó que estaba más borracha de lo que creía y que por hoy era mejor apagar el botón de ideas centrifugando de su cabeza. Apagó la luz. Apagó todo.

8

Como en un videoclip
en el que se desmontan las paredes

Es bien sabido que las resacas cuando pasas de los treinta no son como eran. Supongo que debe ser una reacción natural. Un *warning* de tu cuerpo que te grita que dejes de mezclar y que tu hígado, a prueba de bombas, dejará de serlo en algún momento. El cuerpo es sabio. Pero esa mañana, la mañana siguiente, cuando el despertador sonó, Ana Luisa hubiera preferido tener una resaca espantosa o unas miserables lagunas para poder echar la culpa al alcohol como la canción aquella de... no sé quién. Lo que no recuerdas de la borrachera no pasó. Pero ella recordaba a la perfección los labios de Germán sobre los suyos, el sabor inicial a cigarro de liar dejando paso a la humedad de la saliva o a la lengua juguetona. Sí, lo recordaba demasiado bien y, aunque no simbolizaba algo terrible, sabía que conviviría con ese regusto a infidelidad mientras seguía con su rutina diaria. Una rutina diaria bastante aburrida, ahora salpicada de chispas y peta zetas, pero al mismo tiempo de incertidumbre y un sentimiento contradictorio. Ella no quería permitirse ni la fantasía ni la parte bonita de haberse sentido atractiva. Ella era más de martirizarse y flagelarse con látigos invisibles que nadie debía notar.

Se vistió, se calzó sus UGG (de flamante imitación) y se sintió poderosa lanzándose al mundo. Y mientras caminaba por el barrio en dirección a la parada de metro Urgel y pensaba que era mala suerte que no lloviera, decidió sacar su teléfono para ponerse esa lista tontorrona de Spotify con grandes éxitos como «Kiss me» o «Torn», que la hacían tararear tirando a pava, escaparse de ser ella misma por un ratito, pero en ese momento el teléfono le mostró una notificación de Instagram.

GerManMar ha empezado a seguirte.

A tomar por culo Natalie Imbruglia.

Entró en el perfil del chico, al que no conocía en absoluto, para descubrir a un tipo intenso y guapo (esto último ya lo sabía) que subía selfies con frases de Borges y que apoyaba todas las causas que olían a injusticia, aunque fuera de lejos.

Qué fotogénico el cabrón.

Casi se pasa de parada al navegar por el muro y los destacados de Germán. Pero ya en la calle no pudo hacer otra cosa que sentarse para explorarlo en condiciones.

¿Con este tío me he besado? Madre mía...

Le hacía ilusión. Ana Luisa siempre había pasado desapercibida y, por primera vez, la niña con gafas que se sentaba al fondo de la clase se sentía como si fuera una de las populares. Por el momento no le hizo *follow back*, le daba como miedo que eso desencadenara un chat de citas a escondidas y que toda su vida se fuera al garete. Así que sintiéndose orgullosa por no haberle dado un like sin querer (algo que le pasaba a menudo cuando se ponía en modo espía secreta), hizo lo que cualquier adulta en su sano juicio hubiera hecho: abrir Spoti, buscar «Las Divinas» y darle al *play* para que su niña interior se sintiera feliz de este logro. Era una popular a la que un tío bueno (al que había besado, por cierto) le había dado a seguir en Instagram. Sí, el mundo de Ana y su felicidad se reducían a eso.

9

Javi

Javi. Javi. Javi era ese nombre que Diana siempre había tenido dando tumbos en su corazón, en sus fantasías y en su cabeza. Porque representaba muchas cosas, sobre todo en el diccionario Diana-Español:

Javi. Persona de la que te enamoras en tu puta adolescencia y que se convertirá en el arquetipo que buscar en todos los hombres con los que te cruces.

No, no era para tanto el muchacho. Para ella, sí. Diana, aunque no siempre pudo decirlo, era femenina singular, y Javi era MASCULINO en letras mayúsculas. Ese chico que en cuarto de la ESO la defendía. ¿Por qué? Nadie lo sabe, pero había algo de héroe en su caminar, y cuando veía que a ella la llamaban «maricón» o cosas así, afloraba el impulso defensor y ejercía como tal, y así se hicieron amigos. Hacían pellas juntos, pasaban el rato… Solo tenían en común una cosa: el cariño que se profesaban. Diana nunca había tenido amigos chicos y le encantaba, entre otras cosas porque estaba pillada hasta las trancas por él. Nunca hablaron ni de género ni de sexualidad. Él siempre pensó que ella era un chico marica, ella siempre pensó que se casaría con él. Era un imposible, porque él siempre salía con un puñado de tías al mismo tiempo y fanfarroneaba contando que había perdido la virginidad con trece, algo que probablemente fuera bilógicamente imposible, pero tenía esa sonrisa que la traía loca.

Ains… Javi.

Diana siempre agradecía haber sido una chica trans por una cosa. Si hubiera sido una chica cis, se habría embarazado con dieciséis, porque siempre vivió el amor de un modo tan exageradamente intenso que su género social la protegía de tipos que le habrían arruinado la vida. Ella era consciente de eso ahora, desde su estatus de tía cañera, trabajadora, empoderada y con tacones.

Su amistad duró muchísimo. Compartieron experiencias y primeras veces, pero no la primera vez que ella hubiera querido y poco a poco se fueron perdiendo, y cuando la chica decidió enseñar al mundo quién era, tuvo miedo o vergüenza y lo sacó de su vida, ya que el camino de salida estaba bien iluminado, y fin.

Y ¿por qué es importante esto ahora?

Porque esa mañana de lunes, mientras Ana intentaba pasar desapercibida para el mundo, su amiga Diana justificaba su retraso en el trabajo con una interminable nota de audio diciendo que tenía que atender asuntos personales, y tan personales, porque en ese momento, justo después de hacer retumbar toda la calle Claudio Coelho con el sonido de sus tacones, se encontró con él.

No con el canalla que recordaba de dieciocho años. Se encontró con el de ahora. Un cuarentón con menos pelo, con uniforme de policía nacional y con la misma sonrisa de pinturero que ella recordaba. Hacía más de veinte años que no se veían, que se dice pronto, pero que se dice muy rápido también, porque Diana se transportó en un segundo a aquellos paseos mientras se pelaban las clases años atrás. A las partidas de cartas. A la fantasía y a los buches de licor de manzana de una botella robada. Se transportó a la ilusión y a las ganas. Al palpitar intenso del corazón que no la dejaba dormir por las noches. Al Javi escrito con letras con forma de burbuja con todos los colores de bolígrafo que tenía. Se transportó a la esperanza del futuro y a la frustración de la realidad. Booom.

¿Cómo podía ser cómoda una situación tan incómoda? Pues yo te lo diré: porque eran buena gente. Porque se habían querido, fuera de la manera que fuera, y cuando se reconocieron en esa oficina de correos, podían haber pasado muchas cosas:

a) Que por vergüenza hubieran mirado hacia otro lado porque él no se sintiera cómodo hablando con ella ahora que ella era ella para todos los demás.

b) Que se hubieran saludado como si nada con uno de esos levantamientos de cabeza que acompañan un «Ey».

c) Que no se hubieran reconocido.

Pero lo que pasó fue una D mayúscula. Él la abrazó con cariño. Probablemente ya era conocedor de los cambios para mejor de su vida (en los pueblos todo se sabe), y apuntó su número en uno de esos formularios de carta certificada. Su número como carta certificada. Tenían tanto que decirse que no dijeron prácticamente nada, pero sonrieron, eso sí.

Javi. Javi. Javi. Javi levantó la mano para despedirse, pero antes le exigió con insistencia, casi la obligó, a que quedaran para tomar un café.

—Nos lo debemos.

Se lo debían.

10

Ana Luisa y su madre

—¿Tú estabas enamorada de papá?

—¿Me lo preguntas en serio? Qué gilipollez. Claro que no. El amor… Menuda chuminada. Yo creo que eres mayorcita para dejar ya de creer en esas tonterías. Ay, Ana Luisa, tan lista que has sido para unas cosas y tan pava para otras. El amor es un invento de guionistas con pocos recursos, es como… ¿Cómo te digo? Como una cárcel para mujeres. No me mires así, como si fuera un monstruo, porque no te estoy diciendo nada que no sepas. Lo sabes porque te he visto compartir mierda en Instagram que habla de esto…

—Pero ¿os queríais?

—Ay, claro, pero ¿qué tiene que ver eso con el amor? ¿Te estás tirando a otro, Ana? ¿Es eso? ¿Estás con todas las dudas porque no sabes si Guille es lo que te conviene?

—¿Qué…? Eh… ¿Qué dices, mamá? Anda, anda, anda… Era por hablar.

—Se puede hablar de muchas cosas. ¿Te planteas dejar a

Guille? Ni se te ocurra. Ese es mi consejo de madre. Es aburrido. Sí, es aburrido, pero está sano y parece que te respeta, y aunque tiene un trabajo que no es un trabajo ni es nada, tampoco parece que gaste ni que pegue. Confórmate con eso. No vas a encontrar nada mejor.

—¡Mamá!

—¿Qué? Que igual prefieres estar sola. Yo estoy sola y me va muy bien. Amargada normalmente, pero no tengo que darle explicaciones a nadie. A nadie. Como mucho más variado, porque como no quiero cocinar para mí me paso el día pidiendo comida a domicilio por Glovo, de algo hay que morir. Sí, es lo peor, soy basura, porque no los tienen dados de alta y eso, pero qué quieres que te diga. Si me apetece un ceviche, no me voy a poner a hacer leche de tigre. ¿Me entiendes? Me lo pido y me lo como sola viendo *Sálvame*. Digo «viendo» porque no lo escucho. Son solo griteríos y lo muteo. Lo veo porque me gustan los vestuarios que saca Lydia Lozano, los colores y las luces del plató, pero prefiero escuchar los coches y las motos, las motos… Sobre todo cuando he pedido, no sé, comida turca, por ejemplo. Espero ansiosa a que llegue el glover y me gusta tener la puerta abierta para sorprenderle y que vea que lo único que tengo que hacer, que es abrir la puerta, lo hago bien… ¿De qué estábamos hablando?

—De comida turca.

—Ah. Muy rica. Me repite un poco, pero muy rica. Es mucho más que kebabs. ¿Eso lo sabías? ¡Ah! Lo de quererse. Eso.

—Pero ¿*Sálvame* no había acabado?

—Hija, hija, es como la mala hierba, nunca muere… Tienes todos los programas subidos en internet, los puedes ver todas las veces que quieras. ¿Te paso el enlace?

—No, mamá.

—¿Estás segura?

—Sí.

—Ah.

Pausa.

—Sí que quise a tu padre. Claro que lo quise. Pero sabes las palizas que me daba tu abuelo. Tenía tantas ganas de escaparme de casa que querer a tu padre o no quererle como imaginé que debería quererle no me impidió… convencerme de que le quería. Y ya ves tú, que me fui de Guatemala a Guatepeor. Qué mala suerte he tenido siempre… Eso es genético, ¿sabes? Dios no lo quiera. Qué pena todo. Si crees que no quieres a Guille, ya le querrás. Que convivir hace que salga… eh… la querencia, ¿eso existe? El querer, vamos. Y con tu padre, pues nos quisimos mucho. Cuando él llegaba ciego como una rata y me cascaba, pues no.

—¡MAMÁ!

—Estoy intentando frivolizar, dice la psicóloga que frivolizar…

—¿Vas a la psicóloga por fin?

—No, una que sigo. Habla en inglés y los subtítulos van muy rápido, pero creo que una vez dijo que frivolizar estaba bien para sanar. Yo tengo tanto que sanar que intento reírme de todo.

—Eso está bien.

—¿No te gusta el cocido?

—Sí, te ha quedado muy bien.

—No lo he hecho yo. Lo ha hecho un tal Malacatín a veinticinco o treinta y cinco minutos de aquí. Si lo vas a dejar, hazlo, pero que no sea para irte con otro. Si lo vas a dejar, que sea para estar sola. Sola se está bien.

—No lo voy a dejar.

—Mejor. Es una movida ahora en invierno. Si lo vas a dejar, mejor en verano. Todo es mejor en verano. Menos el cocido.

—Hay gente a la que le gusta.

—Hay gente para todo. ¿La morcilla no te la comes? No te gusta, es verdad.

—Sí que me gusta.

—No te gusta, trae, anda.

Ella le roba la morcilla a su hija y se la come. Ambas se quedan en silencio pensando si lo de la mala suerte en la vida es genética o si es una chorrada. Ambas aciertan. Luego la madre pasa a pensar en cómo es posible que algo hecho con sangre esté tan bueno y le asaltan un montón de pensamientos poéticos que se calla, como siempre.

11

La influencia de Benji Price. El primer beso

Podría decirse que Benji Price fue el primer *crush* de Ana.

¿Por qué? A saber... No era el protagonista de *Campeones*, la serie de los niños futbolistas. Ese era Oliver Aton, el que tiene el arco guay, el camino del héroe y bla, bla, bla...

A todas las chicas de su clase (y probablemente a algunos chicos) les gustaba Mark Lenders porque era el que parecía peligroso, el chungo con las mangas de la camiseta arremangadas que sabías que te iba a dar una mala vida, aunque luego el muchacho era un currante que sacaba a su familia adelante. ¿Otra vez ese cliché de que a las chicas nos gustan los peligrosos? Es una mierda, sí, y no es real, pero creo que debe haber algo, tal vez la influencia materna (si nuestras madres han tenido historias truculentas, digo) que nos tire un poco hacia los casos perdidos, hacia lo que huele a problemas, porque eso nos obliga a repetir los patrones de personas sufridoras que lloran en silencio y que tiran del carro como para ser santificadas. Eso es de las primeras cosas que tenemos que romper. Y ella rompió ese estereotipo de género, casi sin saberlo, al enamorarse de Benji Price. Merecemos respeto, y a la pequeña Ana Luisa le parecía que Benji Price, el eterno rival, el que no era el prota, vaya, podría respetarla y no acabar siendo una mártir como había rezado su madre. A ver. El beta en esa serie era Tom Becker, pero nadie fantasea con el beta con ocho años, ni con Bruce, que era el típico torpe chistoso al que no puedes sacar a cenar sin sentir vergüenza. No. A ella le gustaba Benji Price, tal vez porque tenía un temple como de adulto, y Ana Luisa no tenía padre, o tal vez porque le gustaba y punto, que tenemos que dar explicación a todo, coño.

Pero lo que más le atraía de Benji era el pantalón rojo de chándal. Ella no era consciente, pero ese pantalón rojo era clave en su despertar sexual. Porque por primera vez Ana se imaginó cómo sería una pilila. Concretamente, como sería esa pilila escondida en un pantalón rojo de chándal. Ella esto no lo recuerda, pero sí recuerda cuando un chaval llegó a la fiesta de cumpleaños de su amiga Palmira. Era su primo, un niño de trece años con un chándal bastante parecido al de su *crush* de animación japonesa. Un chándal que atraía la mirada y la intención de la niña.

Salva, que así se llamaba el chiquillo, fue su primer amor. Se cruzaban en la plaza jugando a bote, en la calle mientras ella jugaba a gomas y él comía pipas con otros de su clase. Ella estaba loca por él. ¿Cómo lo sabía? Muy fácil, porque escribía su nombre en todas partes: en la pizarra, en los libros de textos que luego heredó un primo lejano (que no entendió quién era Salva y por qué era digno de tantos corazoncitos junto a una A, A + S, etc.). Escribir la inicial de alguien cuando tienes ocho años es símbolo inequívoco de amor verdadero. Lo hizo Diana con Javi y lo hizo Ana con Salva. Y tú también lo hiciste y lo sabes.

Pero no, lamentablemente para ella, Salva no fue su primer beso. No. No. NO.

Era la noche de San Juan. Ella sabía que él estaría con sus amigotes de octavo de EGB y decidió ponerse sus mejores galas: una camiseta de Los Fruitis, que le quedaba pequeña a su prima Sonsoles y se la había regalado, y una falda de flores con una goma en la cintura tan ancha como su ilusión. Se sentía guapa. Se sentía mayor y eso era algo parecido a la belleza. Ana no era guapa. Nunca lo había sido. A ver..., lo era, pero no era la guapa. Nadie la describiría como la guapa hija de la Pili. No, dirían: «Pili, qué salada es tu hija» o «Nena, qué bien te habla la niña». Porque ella hablaba muy bien desde bien pequeña. Pues esa noche de San Juan Ana Luisa Borés ya no era la graciosa. Para el espejo, ese día, era la guapa, ¿vale? Y bajó a la calle con cien pesetas para chuches y globos de agua, porque sabía que sí o sí esa noche acababa empapada como el año anterior. Eran otros tiempos, no te escandalices. Las niñas y los niños bajaban a la plaza del pueblo y luego sus madres les gritaban desde la ventana. El grito pelao era el Xiaomi de finales de los noventa.

Sí, hicieron una guerra de globos de agua y sí, él estaba por allí cerca, en los bancos, pero la intención del chico era empezar a fumar porros y beber litronas, no besarse a escondidas para cumplir la fantasía de un retaco de niña, y quedó patente desde el principio, cuando ella se acercó para saludarle con su falda molona (totalmente tendencia de ese año entre las niñas de su edad) y vivió en sus carnes la indiferencia más absoluta. Él ni la miró. No le hizo caso. Y dolió. Eso dolió.

Los adultos siempre frivolizan los problemas de los niños, se ríen de ellos, se mofan o mencionan la edad del pavo. Pero si el primer amor es intenso y duro, el primer dolor es espantoso. Ana entendió que las cosas no siempre son como una fantasea y que el chico con pantalón de Benji Price, el primo de su amiga Palmira, era un imposible.

Despechada, se unió a una partida del conejo de la suerte y acabó siendo besada por un chico feo, con demasiados granos y al que no conocía absolutamente de nada y que, por cierto, no se cortó un pelo a la hora de meterle la lengua en la boca. Y sí, lo peor de todo es que ella se dejó, porque había mamado en un montón de series, y en la vida misma, que los celos son el mejor anzuelo para atraer a alguien que te gusta.

Le dio asco, le dio igual, porque ella estaba mirando de reojo mientras la besaban para ver si Salva, su Benji Price personal, la veía besarse y hacerse la mayor y si eso le provocaba algo, celos por ejemplo, como había visto en la tele. Pero el chico ya no estaba. Así que su primer beso, ese que contará siempre en borracheras o en sus primeras citas, fue desagradable y con un chaval del que nunca supo el nombre y del que solo recordaría su acné exagerado.

Tal vez por eso Ana Luisa se hizo muy selectiva con los chicos y decidió no regalarles nada que tuviera que ver con su cuerpo a menos que estuviera enamorada. A ver, decidió eso, pero luego hizo excepciones, como aquel beso en la piscina pública con su primo Juancar o como cuando perdió la virginidad en la cama nido de Tomas Bencejo. Experiencias poco estimulantes que formaban un dibujo de insatisfacciones si unías los puntos de su recorrido amoroso, pobre.

12

Ana y Guille lo hacían de vez en cuando

A Guille le gustaba comerle el coño a Ana.

Ella no le dejaba siempre. A ella le gustaba, pero le costaba acabar así porque su cerebro no la dejaba. El cerebro no tendría que formar parte del sexo, pero el de Ana era un entrometido. Ya lo sabes. Era obvio que él lo disfrutaba y podía estar muchísimo rato amorrado. Pero ella no se dejaba llevar, se frenaba y algo tan bonito como que la chuparan se convertía en algo tipo: «Que pare ya y me la meta». Se lo gozaba mucho, pero le daba miedo que él lo hiciera por compromiso, aunque por su entrega saltaba a la vista que no era así. También le solía asaltar un «No estoy lo suficientemente limpia» que impedía que la cosa fluyera. Ella no lo sabía, pero le habían inculcado algo, no se sabe quién, por lo que todo lo que tenía que ver con ser el centro o buscar su propio placer la hacía sentirse mal. No tenía nada que ver con roles. Había llegado a pensar que no le gustaba. Qué cosas. A ella le encantaba que le comieran el coño, pero como se volvía cerebral y sabía que no podía correrse así, se metía en un bucle de protección hacia Guille, para que no se frustrara si ella no lo conseguía, por lo que prefería cortar antes. En muchos momentos estaba a punto, pero nada, no había manera. Por eso tenía una relación tan rara con el *cunnilingus*. A veces podía decirte que le gustaba, pero si se paraba a pensarlo, no lo disfrutaba tanto como para ser rotunda en su respuesta. Un martes podía decirte: «Me encanta que me coman el coño». Y un jueves tontorrón, presa de la inseguridad, podría contestarte: «Prefiero que no me lo hagan y que no me traten el clítoris como quien raya un queso parmesano en uno de esos rayadores que prácticamente espolvorean el queso, ¿entiendes?».

El sexo había disminuido entre ellos, pero no era un conflicto. A veces a ella no le apetecía hacerlo, pero se forzaba a sí misma porque pensaba que si no tomaba la iniciativa de vez en cuando, podía parecer sinónimo de un conflicto en la pareja, y créeme cuando te digo que Guille pensaba igual. *Guau, llevamos dos semanas sin hacerlo, estamos en el sofá viendo un* true crime *que nos está flipando, pero follemos para que no parezca que tenemos un problema.* Y lo hacían y bien.

Era un sexo que estaba bien. Era el sexo que esperaría encontrar alguien cuando busca porno casero. No había posturas incómodas, no había posturas. Solo una. Una fácil que les gustaba y que les venía bien, y sabes cuál es. Lo sabes, no preguntes. La duración de Guille no era… A ver, la duración de Guille era la que era y eso ya servía. Pero Ana tenía luego que maniobrar un poco. Ella lo prefería así. Cuando la gente hablaba de polvos larguísimos, a ella le daba una pereza exagerada.

No tenía conflictos con el sexo, pero había aprendido en los dieciséis años que llevaba practicándolo que no tenía que impresionar a nadie y menos a ella misma.

Bea siempre hablaba de la masturbación y a ella le costaba reconocer que no lo hacía, vamos, que no lo reconocía nunca. Diana y Bea hablaban de juguetes, del Satisfyer y esas cosas, pero Ana no tenía esa pulsión. Alguna vez que Guille se iba con sus colegas con la bici lo intentaba, se obligaba a masturbarse y lo dejaba a medias porque no le llamaba la atención y se acababa distrayendo pensando en otras cosas. Primero pensó que tenía un problema, luego entendió que el sexo es una cosa tan personal que es imposible compararla. A Ana Luisa Borés no le gustaba masturbarse y no pasa nada. No pasaba nada, ¿no?, se preguntaba mientras cerraba todas las ventanas de YouPorn que abría por si las moscas.

Y con Guille... Eran compatibles. Si fuera de otra manera, podía pensar que su chico necesitaba otras cosas, pero si algo tenía claro es que en ese aspecto eran tal para cual.

Tenían polvos estupendos y memorables, sobre todo algunos al volver a casa de fiesta, o algunos inesperados que aparecían por sorpresa. Pero las sorpresas sexuales, cuando llevas siete años con alguien, pasan de esporádicas a inexistentes y tan ricamente, oye.

¿Después del beso con Germán en aquel baño cambiaron las cosas? No. Pero notar una lengua diferente, un tempo diferente y fantasear un cuerpo y un pene diferente hacían que el imaginario de Ana se disparara. Aunque nunca cuando follaban. No pensaba en Germán cuando se acostaba con su novio. Pero cuando comparaba el beso, era incomparable. Porque aunque suene frívolo, si comes siempre bocadillo de jamón, el exotismo de un atún con aceitunas resulta sugerente o llamativo.

Germán no le gustaba. A ver, si no tuviera novio, le interesaría como mínimo para la clásica cita de Tinder en los cines Ideal y luego una copa en la Sala Equis, pero al no existir esa opción no podía visualizarlo de esa manera. Y casi mejor. Sí, a veces pensaba en él, a veces asaltaba sus pensamientos cuando menos lo esperaba, cuando fregaba los platos o cuando caminaba por los pasillos del Mercadona. E incluso una vez soñó con él, pero no le interesaba. Aunque espiara su perfil de vez en cuando.

¿Ana no tenía fantasías sexuales? Llevaba siete años con su novio, muchos polvos como para no haber experimentado un poco. Tal vez al principio fantaseó con que él cambiara de registro y la empotrara o la obligara a adoptar un rol sumiso, pero lo intentaron y no funcionó. No me malinterpretes. Ella no quería ser maltratada, pero un rollo de dominación sexual le habría apetecido. En cambio, cuando lo propuso, él lo intentó sin dudarlo y quedó tan postizo que acabaron de risa y zanjaron el tema. Es como… ¿Te imaginas a Jack Black haciendo *Titanic*? Jack Black puede hacer comedias locas que encantan a la gente, pero si le hubieran dado ese papel, habría resultado raro; pues raro es lo que resultó Guille cogiendo por el cuello a la chica e intentando someterla.

Todo experimento sexual, por lo menos entre ellos, solía acabar en risa.

Una vez Guille animó a Ana a que le orinara encima. Ella intentó no cuestionarlo y fueron a la ducha, pero solo el momento de salir de la cama para ponerse a ello cortó lo erótico de la situación.

—Es que ahora no me sale, se me han cortado las ganas...

Carcajadas para esconder que ambos se sentían avergonzados.

Él tenía más fantasías, pero siempre requerían demasiadas cosas de ella. Él quiere que te disfraces, te tienes que disfrazar; él quiere experimentar con tu ano, es tu ano el que tiene que estar listo.

Como Diana siempre había mencionado (cuando estaba borracha, pues normalmente era bastante reservada) que ella disfrutaba del sexo anal, Ana decidió intentarlo porque sabía que Guille se moría por hacerlo, pero el culo es un lugar inhóspito. Nunca sabes si va a estar *ready* para esa clase de mandanga. El de Ana nunca lo estaba o por digestiones chungas o por falta de excitación o simplemente porque no. Alguna vez en que los astros del sexo y la fibra se habían compinchado para facilitar las cosas, ella se quejaba a la mínima y lo finiquitaba porque le dolía.

Pero nada de esto era un conflicto, solo algo anecdótico para el recorrido en la historia de la cama de Guille y Ana.

13

Javi 2

Y es que Diana siempre se sintió protegida en los brazos de Javi. Suena mal, románticamente mal, pero ella estaba programada para ser rescatada. Cuando jugaba con sus muñecas, solo quería que colgaran de inventados precipicios y que la ruda mano de un héroe las salvara y las llevara en brazos bosque a través para fundirse luego en un beso... Uno muy largo. Mucho. Un beso que se convertiría en un montón de marranadas impropias de una niña de diez años. Pero aunque Diana estuviera totalmente hipnotizada por la ñoñería de Disney, también tuvo su despertar sexual y desnudaba a todos sus muñecos y muñecas y los ponía a retozar en complejas posturas para que rozaran sus genitales inexistentes. Pero sí, ella quería ser rescatada, quería estar en apuros, y recordaba siempre los brazos de Javi sobre su hombro frágil y la sensación de protección que le transmitía... Con Tito, su novio..., no le pasaba eso. A Tito siempre había que sacarlo de apuros y debía ser ella la que tirara del carro, la que resolvía los conflictos, la que gestionaba social y económicamente su vida de pareja. Por lo que su fascinación hacia Javi la conectaba de una manera inconsciente con esa niña que soñaba con vestidos blancos y villanos que la raptaban solo para poder ser rescatada.

—¿Por qué no le dijiste nada? ¿Por qué desapareciste de su vida? —le preguntó la psicóloga.

Diana no podía responder sin meterse en berenjenales sin salida, porque ni ella misma podía contestar a eso. ¿Temía el rechazo? Por supuesto. Pero ella sabía que Javi no era esa clase de chico. Era un poco bruto, no era un muchacho elocuente o un gran conversador, pero había algo en su sonrisa, una de esas que achican los ojos y que se expanden iluminando la cara, que era pura sinceridad y empatía. Era difícil que la rechazara. Pasar por una transición de género es complejo y fomenta muchísimo la inseguridad, y aunque ella no se lo reconozca, no quería mostrase incompleta frente a él. Cuando Diana empezó la hormonación y toda esa parte del proceso, se sentía un orco el noventa por ciento del tiempo, y si no quieres encontrarte por sorpresa con la persona que te gusta un domingo por la mañana en el que no te has puesto máscara de pestañas, imagínate coincidir con él o hacerle partícipe de tu vida cuando sientes que eres un monstruo casi todo el día.

Tal vez ella estaba esperando eso, ese momento. Sentirse segura de sí misma. La eclosión de la mariposa. Tal vez ella sabía que tarde o temprano él reaparecería. Nunca perdió la esperanza y tal vez, solo tal vez, estuvo evitando el encuentro hasta que se sintió completa y realizada o segura para poder mostrar sus flaquezas frente al chico del que siempre había estado enamorada.

Es cierto que ese sentimiento cursi y hasta tontorrón del amor romántico como único motor u objetivo en la vida es algo que se supera bastante antes de los treinta, pero Diana había crecido de golpe. Siempre se comportó como una persona mayor a su edad, siempre le gustó proyectarse frente a los demás como una tipa segura, con las riendas siempre en la mano, y eso le pasaba factura a sus casi cuarenta, cuando notaba que se había saltado a pasos agigantados algunos peldaños de su propia historia, de su recorrido vital. Maduras de golpe y te ves desempeñando un rol en tu grupo de amigas que crees que no te corresponde, aunque tú misma te hayas encorsetado en él. ¿Entiendes lo que quiero decir? Ella tenía asignaturas pendientes, un puñado, todas conectadas con su lado infantil, con el lado alocado, el de permitirse equivocarse, pero se había emperrado en ser doña Entera, la que no se rompe, la que resuelve, la que reserva la mesa o las vacaciones, la que siempre tiene la nevera llena o la que tiene todos esos consejos como verdades lapidarias siempre en la punta de la lengua. Si ella fuera consciente de esto, disfrutaría tirándose al suelo y haciéndose añicos (añicos metafóricos, claro) desparramados en la vida de los demás. Ser recogida y arropada por una vez. Ella no sabía que tenía toda esa mierda que trabajarse, no, ni se lo imaginaba, pero la mierda, aunque la guardes en una bolsa preciosa, si la vas aplastando y aplastando, acaba reventando como una manga pastelera. ¿Suena guarro? Pues es peor.

Y haberse encontrado a Javi podía ser la mano que estruja la manga pastelera. Un elemento que pondría su vida patas arriba llenándolo todo de caca.

Era de esos días en los que ni su teléfono la reconocía, no, en serio. Algo cambiaba en ella, tal vez era puramente su rictus, pero era imposible desbloquearlo con el reconocimiento facial. Algo así como si su iPhone entendiera que estaba rara y la obligara, con su desconocimiento, a plantearse su mera existencia.

Pensó en explicar a sus amigas que se había encontrado con Javi y que dudaba si tomar ese café. No lo hizo. Como siempre, ocultó sus signos de flaqueza. Después de las chapas que le había dado a Ana Luisa sobre la fidelidad, la lealtad y esas polladas, como para exponer que tenía pensado quedar con un chico que la traía loca desde años atrás. No.

¿Iba a quedar con él? Todavía no lo sabía. ¿Se lo quería follar? Repetidas veces. ¿Se sentía mal al respecto? Bastante. ¿Se planteaba dejar a su novio por notar que en el fondo amaba a otro? ¿Cómo? No, no, no, nada de eso.

14

Traición

Obviamente Ana intentaba seguir con su vida con normalidad. Puede que pienses que le estaba dando demasiada importancia a un besito de cuarenta y cuatro segundos aproximados, ella también lo creía a veces, pero a cada rato le asaltaba la imagen de esos dos adultos vestidos cutremente de Britney reflejados en un espejo de Ikea mientras se morreaban escondidos en un baño. Era muy difícil seguir con su rutina cuando le aparecía esa estampa cada dos por tres. ¿Intentó utilizarla eróticamente? O sea, haciéndose pajas y tal. Sí, pero no pudo. Lo intentó porque pensaba que si imaginaba el desenlace, su cuerpo y su mente normalizarían aquel beso y quitarían lo platónico de un polvo jamás realizado, pero no podía. A la mínima que intentaba pensar cómo sería el sexo con Germán le pesaban mucho más el sentimiento de culpa y el remordimiento que el disfrute de sus labios juntos. ¿Cómo puedes disfrutar del sexo, aunque sea imaginario, si tienes remordimientos? Ana iba de moderna, de avanzada, pero en realidad arrastraba esos lastres de la educación cristiana que nunca recibió. Ella no fue a un colegio de monjas, pero se crio en una sociedad en la que estaba demasiado normalizada la penitencia, sobre todo si eras mujer. Pues eran justo esas microtorturas cotidianas las que no la dejaban avanzar en su historia ni aunque fuera de pensamiento.

Entonces ¿por qué, si se sentía mal por lo que había hecho, lo acababa pagando con Guille?

Llevar un secreto en el bolsillo activaba su inconsciente y atacaba a su novio por pequeñas cositas diarias para culparlo de que la relación no funcionara. Creaba pequeñas escenas de conflicto cotidiano que acababan en un monólogo interno de ella tras zanjarlas.

—Es que si no le das un agua y lo metes en el lavavajillas, pero no lo pones, se reseca. Es que aunque no te lo creas, el lavavajillas no se enciende solo. Los Krispies se convierten en cemento. Mira, mira, todo reseco… ¿Tiramos el bol? De verdad, joder, Guille.

Por ejemplo. O:

—Es que si no voy yo a comprar, nos vamos a morir de hambre, porque sabes que si no hay galletas con avena, yo no desayuno. ¿Quieres que me muera de hambre? NO, ¿no? O ¿sí? No, ¿no? Pues ten iniciativa y haz algo.

No te equivoques. Guille no la trataba como una loca o le daba largas cuando ella arremetía contra él. Al revés, creía que tenía razón y esos pequeños conflictos le iban haciendo mella y potenciaban su inseguridad. Él sentía que era torpe y descuidado. ¿Lo era? Sí, pero no tanto. Ponía de su parte y también hacía cosas buenas, pero nunca se le valoraban. Por ejemplo, se le daba genial la colada. Era casi su pasión diaria. Hacer lavadoras compulsivamente, tenderlas, recogerlas, doblar la ropita, colocarla en los armarios... Él sentía que con esa tarea cumplía con sus obligaciones del hogar, porque todo lo demás no le afectaba directamente. A Guille nunca le molestaban las pelusas por el suelo, y si la nevera estaba vacía, era el momento perfecto para darse un homenaje y pedir un KFC, por lo que no veía la magnitud del desorden ni lo vivía como su novia. Hasta que ella le echaba en cara que fuera tan dejado, a lo que él tenía que bajar las orejas porque ella, nuevamente, tenía razón.

Ana Luisa Borés se había planteado muchas veces dejar a su novio. No siempre pensaba que fueran un buen equipo, pero al mismo tiempo temía quedarse sola y notaba que llevaba una mochila demasiado cargada como para que otro tío la aceptara, y cuando dudaba si dejar a Guille o no pesaba más en la balanza el miedo a la soledad. Suena tristísimo, sí, pero lo cierto es que sí que hacían un buen equipo. Se reían mucho juntos, por ejemplo. Y se entendían muy bien. Los roles en la relación estaban un poco desdibujados porque no sabías dónde acababa la novia y dónde empezaba la madre o dónde terminaba el colega y empezaba el novio. Pero eran felices. Viajaban de vez en cuando, no muy lejos ni a destinos paradisiacos, pero habían ido a Londres, a Portugal y estuvieron a punto de ir a Roma, pero a Guille tuvieron que operarlo de urgencia por apendicitis y perdieron el dinero y las ganas.

Pero como en todas las relaciones, las inseparables hermanas «acostumbrarse» y «no sorprender» podían convertirse en una metástasis irremediable entre los dos. No es que Ana besara a otro porque estaba aburrida de su noviazgo y necesitara emoción, aunque tal vez si no estuviera cansada de sí misma y de la relación, no le habría llamado la atención aquel aspirante a actor con una serpiente de peluche en el cuello...

15

Cuando Bea le dijo a Ana que era tonta por sentirse mal

—¡Deja de juzgarme! ¡No me juzgues, Bea, por favor! Te lo cuento porque eres mi amiga. Ya sé que tú eres de otra manera y ojo, eso me encanta de ti, pero yo no te digo que no me creo tu bisexualidad o que vas de guay y en realidad eres una cagona. ¿Te lo digo? No, no te lo digo. Entiendo que te parezca una gilipollez, pero las cosas tienen la importancia que les damos y mi cerebro ha decidido darle a esto la hostia de importancia, así es. Ojalá no fuera así. Ojalá tuviéramos Guille y yo el estómago para ser una pareja abierta, sería genial, de verdad, pero esa no sería yo. ¿Entiendes? Yo soy esta. Tu amiga la sosa, tu amiga la que disfruta cuando las ruedas de las maletas pillan el tramo liso de la calle y todo suena suave, y esto, aunque te parezca absurdo y una tontería, para mí es importante, porque yo quiero a Guille y tengo un pacto de puta fidelidad con él. Y me he comido la boca con un tío y, sinceramente, me encantaría haber tomado M como haces tú todos los fines de semana para poder echarle la culpa a la droga, pero no estaba borracha. Me llevé a un tío al baño, le besé, y me encantó besarle, y ahora me siento la hostia de mal. Y si me lo hubiera follado, me sentiría igual de mal, porque aunque tú no le des importancia ni al sexo ni al amor, para mí sí que la tienen. Mucha mucha importancia tienen, así que si vas a seguir diciendo que soy una tonta, prefiero que te levantes y que te vayas o que nos pongamos a hablar del último disco de Aitana o de cómo está cambiando el tiempo en Madrid, pero que me digas que soy tonta no me ayuda. Sé que para ti ser sincera es sinónimo de molar, pero esa sinceridad tuya, aparte de ser una pose, es puro egoísmo donde es más importante lo que proyectas tú al soltar esas mierdas que lo que siento yo al recibirlas, así que piénsate mucho mejor las cosas antes de decirlas a menos que se te dé carta blanca. ¿Te he dado carta blanca? No, pues cállate. Dime obviedades, dime que te sabe mal que esté así y dime que todo va a ir bien, pero no me digas que soy una tonta. Porque igual lo soy, pero no mola. No mola.

Y lo que parecía un soliloquio a ritmo de metralleta se convirtió en una conversación de lo más desagradable para el resto de los clientes de las Merinas, el bar de moda del barrio.

Bea dejó la taza con un sonoro golpe y se defendió como pudo, empezando por lo que más le había dolido.

—Es injusto que no te creas mi bisexualidad y que nos desacredites a todas las personas del colectivo. Sé que no lo piensas, pero que frivolices con ello es tan ofensivo.

Las camareras miraron a la mesa escandalizadas, por lo que Ana tuvo que bajar los decibelios.

—Creo en la bisexualidad. Pero nunca te he visto con

una chica, ni hablar de chicas, que te gusten, ni que nada… Creo que te enrollaste con Samantha cuando tenías dieciséis años y te gustó lo que provocaste y te agarras a eso porque te parece guay. Eres tú la que está ofendiendo al colectivo… Yo, después de que fuéramos a lo del *Bingo para señoras* de Lorena Castell, fantaseé con que me enrollaba con ella, pero eso no me convierte en bi.

—Bueno… Igual sí, ¿eh?

Ana Luisa miró sin dar crédito a su amiga.

—Ya tengo suficiente con lo que tengo, no me hagas abrir ese melón.

—Abre el melón que quieras, Ana, solo que… No sé, me sabe mal que le estés dando tanta importancia a una chorrada de beso, no pasa nada…

—Que ya lo sé. Que intento no darle más importancia, pero no me sale, y cada vez que miro a la cara a Guille me siento como la mierda.

Bea asintió como símbolo de comprensión. Ains… Suspiró.

—Pues díselo, como te dijo Diana. Si no crees que lo puedas superar porque para ti es algo tan importante, díselo, superadlo juntos, es tu novio. Es un poco gañán a veces, pero es un buen tío.

—No se lo digo para protegerle, no va a saber gestionarlo.

—Pues bien que arremetes contra él todo lo que puedes. ¿Ahí lo de la protección da igual?

—Eres una cabrona.

—No, soy muy lista. ¿Quieres otro café?

—No, ¿no ves que estoy histérica?

Qué diferentes eran esas dos y qué bien se complementaban.

16

Un número de teléfono apuntado en un formulario de carta certificada

Diana había mirado tantas veces ese número que se lo sabía de memoria. ¿Recuerdas cuando te pasaban esas cosas? Ella no lo recordaba. Ahora sí. Cuando vives el amor como adolescente, eres capaz de memorizar números. A estas alturas a Diana le costaba recordar cuál era la izquierda o la derecha, y cuando daba indicaciones a los taxistas, siempre acababa pensando: «La derecha es la mano con la que escribo». Ella, paranoica, pensaba que no recordar esas cosas básicas era Alzheimer prematuro, pero al mismo tiempo sabía que era algo normal.

Mientras doblaba la ropa con suma precisión (a ella sí que la contrataron en Zara) no dejaba de pensar si debería pasar el número a su agenda de contactos o si eso era la pequeña bola de nieve que podría convertirse en una avalancha. No es que tuviera ninguna intención, pero recordaba a la Diana adolescente que fue, con su pelo de pincho mendigando amor y casi pidiendo perdón por existir, y le parecía justo que su historia con su amor adolescente tuviera un cierre, como mínimo, correcto. El chico la trastocaba. Desde que se lo encontró en aquella oficina de correos no dejaba de pensar en él. Quería saber tantas cosas. ¿Era policía? ¿Era puto policía? Pero si siempre había parecido un quinqui. Cuántos capítulos de su vida se habría perdido para que hubiera una distancia tan grande entre lo que fue y lo que era, pero lo que fue estaba muy presente en lo que era, y ella, cansada de responsabilidades y de ser ella misma, sentía tanta nostalgia por la adolescencia robada que no tuvo, y por su juventud también robada, que le parecía adecuada esa segunda oportunidad que el destino le estaba colocando en el camino.

Diana tenía la tonta sensación de que sus pulmones eran más grandes ahora. Cuando inhalaba el aire, iba lleno de pensamientos y esperanzas, y eso la hacía llenar la caja torácica en toda su capacidad. Se tumbó en la cama y simplemente respiró. Respiró notando su pecho y su cuerpo como si fuera algo nuevo, como si nunca se hubiera parado a pensar en esa acción tan tonta. Respirar. Claro que intentó buscarlo en Instagram para poder mirarlo fijamente, sin reciprocidad, fijamente como no se atrevió en la oficina de correos, pero no lo encontró. Él estaba por encima de eso, claro.

Se juzgó y pensó que estaba siendo una estúpida. Siguió doblando la ropa y mientras doblaba el pijama de *Rick y Morty* de su novio pensó que podía quedar con Javi solo para tomarse el café que él había propuesto, que no había maldad alguna. Es más, se lo podía decir a Tito… No, no lo entendería porque nunca le había hablado de él. ¿Las mujeres de treinta y ocho no tienen derecho a tener un sitio especial en su corazón para el chico que les despertó la capacidad de amar? No podía ver sus fotos en Insta porque no tenía, pero podía buscar un puñado de canciones ñoñas que escuchaba cuando era adolescente y eso hizo. Se desgañitó cantando Laura Pausini hasta que llegó Tito y la pilló *in fraganti*.

Ser descubierta rememorando sus hits de adolescencia fue como ser pillada masturbándose pensando en él. Pero Tito esto no lo entendió. Solo le dijo que se la escuchaba desde el rellano y que bajara la música. Ella accedió e hizo la cena. Una socorrida tortilla francesa.

17

La consecuencia del beso en Ana Luisa

Obvio que Ana Luisa sabía que un beso era muy difícil (o literalmente imposible) que pudiera trasmitir algún tipo de ETS, pero ella era así. Rozaba la hipocondría y tenía, como siempre, a su queridísimo doctor Google tras el exhaustivo análisis de síntomas que, por supuesto, acabaría diagnosticando como un terrible cáncer terminal, metástasis o directamente SIDA. Algo que preocupaba mucho a la paciente virtual y que le serviría para torturarse bien durante la jornada laboral, pensar en la muerte, llorar un poquito encerrada en el baño y hacer balance de su existencia, balance que nunca era satisfactorio.

Esta vez era diferente.

Buscaba si era posible contraer una enfermedad de transmisión sexual mediante la saliva. No, eso era imposible, pero ¿y si...? ¿Y si Germán tuviera gingivitis? ¿Y si ella tenía una yaga? Lo cierto era que últimamente comía bastante mal y se le podía estar formando alguna heridita de la que no fuera consciente. Poco a poco el abanico de posibilidades infecciosas y desastrosas se hacía más amplio y empezaba a dar cobijo a todo tipo de hipótesis rocambolescas.

—No pienso acompañarte a ninguna clínica a que te receten retrovirales —dijo Bea sin saber si reírse o simplemente abofetear a su amiga tras la propuesta absurda—. Tía, no tienes gonorrea. No tienes nada. Mucho tiempo libre para preocuparte de algo así, eso es lo único que tienes.

A Bea le hubiera gustado llamarla «tonta» nuevamente, pero se censuró por el rapapolvo de la última vez y fue cuidadosa a la hora de elegir las palabras. Aun así quiso parecer drástica en su opinión para que Ana Luisa no le diera más importancia.

—Anita, ¿hay algo que no me estés contando? ¿Pasó algo en el baño que no me hayas dicho? ¿Se corrió dentro de ti, en tu boca? Porque me parece a mí que esa es la única causa de infección.

—Que no, Bea. Que te lo habría dicho…

—Pero ¿te enamoraste de él o…?

—¡No!

—Pues, *cariña*, hazte (y haznos) un favor y olvídate ya, *please*.

En ese momento irrumpía Diana en la cafetería con sus tacones innecesarios que la hacían sacar dos cabezas a todos los presentes. Se quitó la bufanda y el abrigo mientras preguntó:

—¿De qué se tiene que olvidar?

—¿Tú qué crees? —la incluyó Bea.

—¿Lo de…?

A Diana le daba mucho pudor hablar de eso en voz alta y se acercó a sus amigas como si fueran a compartir un secreto.

—Lo del beso… Yo creo que no te vas a olvidar hasta que le pidas perdón a Guille. Hasta entonces no te vas a quitar esa sensación, amiga.

Bea negaba con la cabeza.

—Que él no lo sabe, ¿por qué le va a pedir perdón por algo que no sabe? Es que fíjate qué chorrada.

—Solo estoy dando mi opinión, y si ella se siente mal por algo que para ti, Bea, es una tontería, pero para mí es la hostia de fuerte, pues… tendrá que decidir ella.

—Que no follaron, ¿eh? Que fue solo un morreo.

—Fuera lo que fuera.

Diana opinaba con soltura desde su radicalidad ocultando vilmente a sus amigas que ella se había reencontrado con el amor de su vida, y que eso, probablemente, tenía más relevancia que un besito en un baño, pero era tan reservada que no le interesaba sacar a la palestra su propio conflicto y convertirse en la protagonista del serial. La opinión de las demás le importaba tirando a poco porque ella se creía capaz de solventar sus movidas solita sin que trascendieran.

Es que a veces decir las cosas en voz alta las vuelve reales y yo prefiero que la fantasía sea eso y ya está. Fantasía. O eso era lo que pensaba Diana. Qué equivocada estaba.

18

Evitar

No es que Guille fuera un chico dejado, no lo era, no, ¿no? ¡No! Pero no se le podía atribuir una gran iniciativa. Si mirabas por un agujero a un puñado de tipos como él (ya sabes, barbita, pendiente, pelo desaliñado y camiseta vieja), costaría un poco que los marcaras con la A de «alfas del grupo». No, no es un cliché, es solo un pensamiento tontorrón que pasó por la cabeza de Ana Luisa mientras se restregaba con fuerza la crema hidratante por la cara, crema que por cierto le parecía demasiado grasa, pero le había costado veintidós euros y era incapaz de no usarla.

Guille era tirando a lento, pero eso no quiere decir nada. Con el paso del tiempo, el metrónomo que marcaba sus pasos y sus decisiones o el bombear de su corazón había pasado de *allegro* a... a... que iba más lento, vamos. No siempre fue así, pero tal vez estaba relajado en su relación, acostumbrado, y había bajado la guardia sin querer. Y Ana, que nunca se planteaba tanto el análisis de las acciones de su novio, empezó a enfrentarse cara a cara con la realidad, y la realidad era que Guille no le dejaba mensajes de buenos días o no la sorprendía con una cita sorpresa. Él no sabía que eso era importante, y ella lo estaba descubriendo ahora de una manera bastante injusta, porque necesitaba culpar a alguien que no fuera a sí misma. Estaba cansada de culparse a sí misma y necesitaba etiquetar las cosas, envasarlas para salir airosa o incluso para convertirse en la víctima de su historia personal. ¡Qué cómoda se está siendo la víctima, leñe!

Los días pasaban con normalidad. Hacían lo que solían hacer, solo que la mochila invisible de Ana se llenaba de muchas más piedras y dudas a medida que avanzaban las semanas.

Podría haber escrito un manuscrito titulado *Catálogo de los defectos de mi novio*. Un listado de cositas que siempre estaban ahí y que podía pasar por alto, pero que ahora le resultaban irritantes.

Cosita 17: esa respiración demasiado escandalosa mientras veían la tele. Sí, el chico tenía el tabique desviado, poco, pero eso le hacía respirar más fuerte de lo normal. ¿Daba igual? Ahora no.

Cosita 34: los memes racistas. Guille no era racista, pero tenía ese privilegio blanco de poder reírse de un meme racista que le enviaban los cafres de sus colegas al grupo de WhatsApp de la despedida de soltero de Charlie. ¿Era eso racista? Sí, lo era. Ana estaba muy concienciada porque seguía a cuentas como Afrocoletiva y le parecía horrible que se perpetraran esas actitudes… No había maldad en el novio, pero se reía con esos memes.

Cosita 2: ¿por qué chocaba los dientes contra el tenedor cuando comía? ¿Por qué hacía eso? ¿No se daba cuenta de que era molesto?

Cosita 72: esos pelitos en la ducha. Sí, los de ella eran terribles y creaban como un nido en el desagüe, pero los pelitos de su barba cuando se la recortaba también estaban ahí, ¿vale? Y a ella no le gustaban.

Cosita 1: esos pedos cargados por el diablo y esas risitas posteriores. Rompieron muy pronto la barrera, y esa cosa de casi competición que tenían de a ver quién lo hacía peor estaba llegando a límites mucho más que contaminantes. Eso tenía que acabar y la veda se había abierto por él. Todo era culpa de él.

Y así con un montón de cosas. Y es que tener un catálogo de los defectos de tu novio y construirlo partiendo de la propia convivencia genera sí o sí un iceberg de frialdad y distancia entre ambos, y a ella eso le venía de fábula para culparlo a él porque no era capaz de culparse a sí misma.

Y ¿qué pasa? Pues que acabas evitando a tu novio. Yéndote a dormir antes, comiendo a deshoras, pidiendo horas extras… Cualquier excusa era buena para no estar en casa.

Él era consciente de eso, pero tardó en decirlo porque era un tío majo y no quería presionarla, ya que había aprendido que cuando su novia no estaba bien o estaba rayada, era mejor no presionarla, pero la soledad de la cena de un jueves cualquiera hizo que a él se le hincharan los vapores y acabara por rajar.

—¿Qué te pasa?

—Nada.

—¿Nada?

—No, ¿por?

—¿Quieres hablar de algo? ¿Estás bien, cariño?

—¿Y tú, Guille?

—Yo sí, Ana, pero tú…

—¿Yo qué? ¿Yo qué? No, dime, dime, dime. ¿Qué?

—Nada…

—No, no, ahora dime.

—Nada, Ana, que te veo, no sé… Como si me estuvieras evitando, como si no estuvieras cómoda o te preocupara algo.

—¿A mí? Igual es a ti, Guille. Igual eres tú el que estás raro y me intentas culpar a mí, pero yo estoy como siempre. Como siempre. Más cansada porque trabajo más, ¿sabes? Trabajo y no sé, pero estoy como siempre. Super como siempre.

—¿Seguro, Ana?

—¿Vas a dejar de atacarme en algún momento?

—Perdona.

—Vale.

—¿Qué?

—Que te perdono, que no pasa nada…

Y ahí, con todo su papo gordo, ella salía airosa con su giro de la tortilla de primero de manipuladora, dejándolo a él inquieto pero ganando varios días para seguir con su manual de los defectos.

Un cuadro.

19

Magnitud: nachos con todo

La cosa dio un girito cuando Ana, que empezaba a acostumbrarse a eso de mirar hacia otro lado aun teniendo un montón de plancha, recibió una llamada de Chacho, que, por si no te acuerdas, era uno de los gais que organizaron la fiesta. Corrió al almacén para descolgar, escondida entre las cajas de vino orgánico sin sulfitos.

¿Una llamada? Cómo es la gente. Ni que estuvieran en 2007. Qué mala sensación provoca escuchar el tono de llamada «Campanas» de iPhone. Siempre te sorprende, porque hay tan poca gente que lo utiliza que se te olvida. Era raro que Chacho llamara.

—Hola, amor.

—Hola, Chacho, ¿qué tal?

—Nada, solo quería ver cómo estabas, tía, que en la fiesta no hablamos nada, hija. Te pasaste el juego con tu disfraz, tía, todo el mundo estaba *living*.

—Pero si era una sudadera y una calva vieja.

—*You nailed it.*

Ana rio un poco sin saber lo que quería decir ni si eso era bueno o malo. Pero la conversación le estaba pareciendo un poco vaga y tras una pausa dijo un «Bueno» fácilmente entendible como un «¿Para qué coño me has llamado, Chacho?».

—Es que no sé cómo decírtelo.

Booom. No hacía falta que dijera nada para saber que un beso tontorrón había ganado la relevancia mediática de las movidas de Shakira y Piqué.

—Es que Germán es amigo de...

—Y ¿qué ha dicho? —interrumpió ella locamente subiendo el tono de voz.

—Nada, nada, nada. Bueno que... A ver, que cuando me lo han dicho, yo he dicho: «Imposible, mi Ana no. ¿Mi Ana? No». Por eso te he llamado, porque no mola, ¿no? Me entiendes, ¿no?

—Me di un beso con él.

—¿En serio? Ah. Pues sí. Tenían razón. Vale. Ya está. Perdona la molestia.

—Chacho, ¿me has llamado por el chisme?

—No, te he llamado para ver si estabas bien, no sé.

La campanita de la cocina que anunciaba un puñado de segundos platos que había que marchar a las mesas no dejaba de sonar y, por un momento, Ana Luisa se quedó en pura Babia sin oírla, como cuando escuchas la alarma tan dentro del sueño que la integras y la bailas como si nada. No recuerda cómo se despidió, pero colgó y salió del restaurante en busca de un pitillo. A tomar por culo la campana.

Conseguir un cigarro en Malasaña es tirando a facilito. Ahí estaba ella, con el ceño fruncido y fumando un Marlboro sin recordar muy bien cómo se hacía, pero alterada y nerviosa. *Pero ese puto gilipollas, ¿quién coño se cree para ir hablando de mí? ¿QUIÉN? Que no fue nada, coño. A ver, es cierto que me he confiado y pensaba que eso no tendría relevancia alguna, que estaba todo enterradito, pero claro... Al igual que yo he rajado y lo he contado, pues el muchacho tiene una vida e igual se ha hecho ilusiones conmigo. Normal, me siguió en Instagram y ahora está sufriendo por mi amor. No, eso pasaría en una canción de Camela; en la vida, no. ¿Qué hago? ¿Le llamo? ¿Le contacto? ¿Quedo con él y le digo que no se confunda y que se calle la boca? No, no quiero saber nada de él, no quiero darle nada, no quiero que tenga material para pillarse o que me ubique mejor, porque puede que sea uno de esos resentidos que acabe..., ya sabes, buscando el contacto de Guille y no, eso no tenía que pasar...*

—¿Qué coño haces, Ana? —le gritó su jefe desde la puerta.

—Pues sufrir, ¿no lo ves?

Ana entró de vuelta al restaurante pensando en la magnitud del asunto y se esforzó en ser la camarera más eficiente del mundo para estar ocupada simplemente en eso y en nada más. A veces se nos olvida que la palabra «preocuparse» es simplemente eso, pre-ocuparse, ocuparse antes de lo necesario. Aun así, Ana se pasó todo el viaje de metro hasta Urgel pensando que su catálogo de defectos de Guille era una tontería, que ese chico era lo más bonito que le había pasado nunca, que quería protegerle a toda costa y que no le quería perder.

Llegó a la puerta de su casa, suspiró como siempre antes de meter la llave, pero esta vez no hubo una pausa al cerrar, simplemente un fuego interno de amor y cariño traducido en una libido disparada. Guille pulsó el *pause* en la consola y no le dio tiempo a preguntar qué tal la jornada, porque a la mínima ella estaba cabalgando sobre él como una de esas amazonas que viven en la isla de Wonder Woman. Un polvo fortuito, sucio y enérgico para abrazar con el alma y con el chocho a algo que temía que fuera a desaparecer.

Lo miró fijamente en todo momento, algo que pilló por sorpresa al chico tanto como las lágrimas de ella cuando se corrió. Hacía tanto tiempo que no lloraba al correrse. No lloraba de pena o de emoción, lloraba como impulso, como reacción descontrolada, como los espasmos eléctricos que tenía él cuando acababa. Guille le acarició la cara y la abrazó con cuidado de no mancharse con la lefa, que estaba en el vientre de ella.

—Te quiero —susurró Ana enjuagándose las lágrimas con las manos y llenando sus mejillas de máscara de pestañas, sal y un poco de semen.

—Y yo, cariño.

El «te quiero» de dos cuerpos muertos tirados en el sofá.

La calma y la quietud lo ocuparon todo por un segundo y ella lloró flojito y en silencio. Ya no eran lágrimas por el orgasmo, ahora sí que eran las lágrimas de una tristeza lejana y mal gestionada.

—Cariño...

Guille la abrazó y enredó los dedos en su pelo haciendo pequeños ovillitos, un acto casi infantil que sabía que tenían un efecto sanador en Ana.

—Perdóname por ser así a veces. Sé que estoy dispersa, sé que lo pongo difícil porque me callo y no cuento lo que me pasa. Nunca pienses que cuando estoy intensa, son cosas que tengan que ver contigo; son solo mis movidas, que me siento rara y ya está y no siempre hay que buscar explicaciones ni dar respuestas.

—Una vez leí en un sobre de azúcar algo así como… ¿Cómo era? Eh… «Quiéreme cuando menos lo merezca porque será cuando más lo necesite». Pues eso, aquí estoy.

A ella le pareció una cursilada, pero le gustó.

—¿No te apetece un poke? —le dijo él.

—No me apetece un poke, me apetece algo con queso fundido, Guille, con mucho mucho queso fundido por encima. Me apetece algo guarro, aunque sepa que es malísimo. Me apetece glutamato, colesterol, aunque luego me arrepienta. Me apetecen grasas saturadas.

—Vamos allá.

Guille, desnudo, buscó el teléfono para pedir y Ana lo observó iluminado por la pantalla parada de cualquier juego del Game Pass, y pensó que era afortunada de tener a ese tío en bolas en el salón y en su vida.

—¿Qué me miras?

—Nada, que me gustas.

—Anda ya… ¿Nachos con todo?

—Nachos con todo.

Pausa.

—Tráeme papel.

20

Con hielo y sin aliento

Era una de esas cafeterías efímeras de Malasaña. Digo «efímeras» porque lamentablemente llegas, tienes la cita y cuando quieres volver un tiempo después, es un Mulaya o una tienda absurda de cigarrillos electrónicos.

Diana estaba temblorosa sentada en la mesita minúscula. No quiso pedir porque no sabía si él preferiría una caña, un café o una kombucha. No, una kombucha, no creía; pero había pasado tanto tiempo. A ella le flipaba la cerveza, pero se le hinchaba la barriga y no le gustaba y no quería pedir nada que llevara alcohol. Le flipaba el alcohol, pero ya se sentía mal por estar sentada en esa mesa minúscula como para no tenerlo todo bajo control. Si se tomaba un café, se pondría más nerviosa y no quería. No quería. Así que se acogió a la opción de esperar, simplemente esperar. Estaba intrigada, asustada, pero muy guapa, eso es así. El tutorial para hacerse ondas no había surtido el efecto deseado, pero estaba mona con un maquillaje natural y una blusa azul cielo. Era su color. Siempre se lo decían.

No entendía las ganas de la gente por ocupar siempre las mesas al lado del cristal en las cafeterías modernas. A ella normalmente no le gustaba sentarse en un escaparate, pero el resto de las personas del centro amaban hacerse una foto ahí. Ella prefería el segundo plano, casi la sombra de la última mesa de…

Él llegó. ¿La sangre sube a la cabeza? No lo sé, pero a ella se le fue a las mejillas (sí, las mejillas que se había inyectado con ácido un par de meses antes, algo natural, no te pienses).

La física no lo permite, no, pero si le preguntas a ella, te asegurará que Javi entró a cámara lenta. Muy lenta. Camisa de cuadros cerrada de plexo para abajo. Camiseta blanca asomando por el cuello, vaqueros *straight* y una trenca de paño gris oscuro que se quitó de inmediato. Llevaba reloj, qué mono, ¿quién lleva reloj? Javi lleva reloj. Ella se levantó, se dieron dos besos fugaces.

—¿No has pedido?

—No, acabo de llegar —mintió ella, que llevaba veintitrés minutos exactos en la misma posición.

—¿Una caña?

—Claro…

Ella quería pedir un café descafeinado con bebida de avena con hielo (y hasta con un chute de oxígeno, porque le costaba respirar cuando lo tenía delante), pero fue incapaz de decir que no.

Él fue amable con el camarero, algo normal, pero a ella le pareció la persona con mayores dotes sociales que existía en el mundo. Javi. Javi… JAVI. Javi estaba también nervioso, se frotaba las manos contra los muslos. Y sonreía a destiempo.

Menuda cruzada le debía estar pasando por la cabeza al muchacho.

—Estás muy guapa.

Solo con esa frase la normalidad se dejó caer desmayada en la cafetería hípster y ambos se relajaron, porque utilizar el femenino singular implicaba dar varios pasos agigantados en los derroteros de la conversación. Y ella podía quedarse tranquila. Si no has pasado por el periplo del cambio del DNI, no puedes entender lo que significaba para ella esa «a».

—Tú también.

—Anda ya. Me estoy quedando calvo.

Hablaron de todo y la conversación fluía como todo lo que está bien en la vida. Ella tuvo que mencionar a Tito. Era demasiado descarado ocultar una información tan importante. Fue abrir de puntillas el melón y ver cómo Javi se apoyaba en el respaldo de la silla, alejando su cuerpo del de ella como una señal de respeto de lo más inconsciente. La alarma sonó dentro de la chica, que coqueteó con uno de sus mechones de pelo y lo miró fijamente con una seguridad sexy que no sabía que existiera en su registro de colores. Y no hizo falta que dijera nada más para que él volviera a apoyar los codos en la mesa, totalmente regalado.

El silencio fue largo, pero estuvo llenísimo de una pasión mental entre ambos; se estaban follando con los ojos y él, que se puso nervioso como un chiquillo, cortó con una sonrisa exagerada, casi una carcajada que le hizo quitar la mirada de encima de Diana. Javi resopló. Y se frotó la nuca dando a entender que se estaba poniendo malo. La no-cita se podría definir como mágica. Todo encajaba. El tiempo que habían estado separados había magnificado su confianza y la había convertido en esto. Algo así como saber a ciencia cierta que la persona que tienes delante es la persona con la que tienes que estar. No, no pensaban en bodas, pensaban en dormir, en abrazarse y en follar desesperadamente con ganas, pero sin respeto.

Habían cambiado tanto, eran dos desconocidos, pero quedaba el residuo, algo, de una infancia compartida. ¿Sabes ese momento al final de *El viaje de Chihiro* (¡alerta *spoiler*!) en el que muchacho le dice a la protagonista que se conocían de antes, que ella se ahogó en él porque él era un río? Pues así se habría sentido Diana si le hubiera llamado un poquito la animación japonesa y se hubiera dignado a seguir los consejos de Bea y ver aquella película, pero no lo consiguió porque, según Diana, las películas de animación japonesas eran esas «movidas de dibujitos feos con los ojos grandes como *Candy Candy*». Qué equivocada estaba con eso y qué equivocada estaba también al pensar que podría volver a casa con Tito como si no pasara nada después de haber despertado nuevamente su amor adolescente con la misma intensidad y exageración con la que lo vivió de niña. Ella era la propia Candy Candy de la que tanto se había burlado.

Diana odió guardar este encuentro como un secreto. No estaba haciendo nada malo, pero después de la chapa que le soltó a Ana sobre integridad no quería rectificar y asumir que le estaban pasando «cosas», y odió su decisión, porque la habría llamado de camino a Gran Vía para coger el taxi y le habría contado: *Se muerde las uñas, no tiene casi uñas, no, pero no es desagradable. Sonríe todo el rato. Se casó y tuvo un hijo, pero luego se separó. Se hizo policía para ayudar a la gente… Eso me ha dicho, sí. Y también me ha dicho: «Joder, qué ilusión habernos reencontrado, es que hablamos y es como si no hubiera pasado el tiempo».*

Diana siguió atando conceptos en otro de sus monólogos internos de palabras no dichas, de secretos guardados. No podía compartir esto con una amiga, no sabía hacerlo. Pensó en escribirle una carta como cuando eran adolescentes, eso les flipaba, pero no, se conformaba con seguir imaginando lo que le diría. *Y yo me siento así. Siento que esto es lo que tendría que haber sido. Me mira... Que no es de creída, ¿eh? Pero te juro que me mira de una manera especial. Ay, tía, es tan guapo. Su madre se murió el año pasado y lo pasó fatal; dice que va a ponerse a estudiar para que lo asciendan a oficial, que le da palo, pero que lo quiere hacer porque está aburrido. Te va a parecer muy chorra, pero noté que se paraba el tiempo y ni miré el móvil porque me daba miedo tener mensajes de Tito, pero me hubiera quedado ahí mucho más. Él me dijo de ir a un asiático de esos que sirven cosas raras como corazones de vaca, que dice que es de lo mejor y que van chinos y todo a comer, pero me dio miedo y le dije que no.* Ella le dijo que no, que tenía que irse a casa. Aunque una parte de ella sí que se quedó y fantaseó con esa continuación de la cita donde cenaban, bebían y acababan bailando abrazados en una sala de fiestas... La imaginación es libre, ¿vale? Ella había crecido con bailes de primavera y de fin de curso en todas sus series favoritas y ella imaginaba esas cosas, déjala.

A ella le hubiera gustado hablar de esto, llamar a Ana y contarle que cuando se despidieron, se abrazaron, él besó su mejilla y que ella no lo recibió como un beso cordial de despedida, sino como simplemente un beso. Un beso y ya está. Javi. Javi. Javi... Javi le había besado en la mejilla y la pequeña Diana de quince años, la que lloraba en silencio llevando ropa de chico, daba saltos de alegría en algún lugar entre su corazón y su estómago.

Dijeron que volverían a verse.

Y volvieron a verse.

21

Lo que le gusta (y sobre todo lo que no)
a Ana Luisa Borés

A Ana no le gustan los juegos de mesa. Ella se siente perdedora casi todo el tiempo, no necesita que el Dixit o el Catán se lo escupan a la cara.

Las patatas fritas hechas por su madre le encantan, es de lo poco que ella hace que le transmite un sentimiento positivo.

No le gusta que Guille se empeñe en comerle el coño cuando han salido de fiesta. Ella es de naturaleza meona y bebe cerveza como una vikinga, por lo que una noche de juerga equivale a diecisiete pipís mal hechos y no se siente cómoda. Ella sospecha que a él eso le gusta, siempre dice «Me da igual», pero tiene fijación con bajar a amorrarse cuando vuelven de darlo todo en Malasaña, por lo que hay una fantasía no asimilada en el acto. A ella le gusta que le coman el coño cuando sale de la ducha, a veces sí, a veces no, pero al mismo tiempo no le gusta follar recién salida del baño porque sabe que hacerlo es sinónimo de tener que volver al agua. Es un pensamiento ecologista, no de perezosa, no te equivoques. En cualquier caso, sabes que lo de las comidas de coño es algo que siempre acaba generándole conflicto sea por el motivo que sea.

A Ana le vuelve loca que en algunos cines puedas pedir palomitas mixtas. Mitad saladas y mitad dulces. Sabe que el dulce de las palomitas es como comer petróleo a cucharadas, pero le gusta.

No le gusta ver vídeos de maltrato animal y no le gusta que la gente animalista los comparta, porque cree que las personas que siguen páginas de apoyo animal en Instagram son las que no necesitan ver ese maltrato. En cambio tiene un *guilty pleasure* terrorífico de redes sociales. Disfruta llorando cuando ve vídeos de buenas acciones. Gente que regala bolsas de comida a personas sin hogar. Ella sabe que eso es pura pornografía, pero los ve y llora, y le gusta llorar viendo la felicidad ajena.

Sí, le gusta el cine español, pero es de esas personas que lo apoyan poco porque prefiere esperar a que suban las películas a las plataformas.

No le gusta la copa menstrual. No le gusta. No le gusta. Lo intenta. No le gusta. Ha probado varias tallas, varias marcas, pero nunca se siente segura. Odia los tampones y las compresas y lo que más odia es tener que pagar por ellos. Ella sabe que si fuera la presidenta del gobierno, lo primero que haría sería que esas cosas fueran gratis, porque no son un capricho. Una vez estuvo a punto de promover una manifestación al respecto… Luego puso otro capítulo de *Bridgerton* y se durmió.

No le gusta tener pocas fotos de su padre. Tiene pocos recuerdos con él y piensa que si tuviera fotos de él, lo sentiría más cerca. No le gusta hablar de él, porque no sabe muy bien qué decir; por eso odia que, siempre que empieza con alguna psicóloga nueva, la interroguen acerca de sus padres. Pasapalabra.

No le gusta *Aquí no hay quien viva*. Lo ha intentado muchas veces, como con la copa, pero no hay manera de que entienda el porqué del éxito de esa serie. En cambio, Malena Alterio le parece una diosa.

A Ana Luisa Borés no le gusta leer. Dice que sí. Miente. No le gusta. Pero le encanta pasear por las librerías. Ha visto muchas comedias, demasiadas comedias románticas.

No le gusta que haya una casilla en la declaración de la Renta para apoyar a la Iglesia. No le gusta y punto.

No le gusta su ropa.

Le gusta Jesús Vázquez, pero le gusta desde siempre. Recuerda tener una cinta de casete que sacó hace mil años con una canción titulada «A dos milímetros escasos de tu boca». Ella imaginaba la boca de Jesús a esa distancia. Luego supo que era gay, pero siguió imaginando la boca de Jesús a esa distancia.

No le gusta ver stories de recetas saludables que luego no lo son porque llevan la hostia de queso. No le gusta que le mientan y caer en esos ganchos.

No le gusta no tener hobbies o no haber tenido una vocación clara. Nunca la ha tenido y siempre se ha sentido mal por eso. Le daba envidia la niña que decía que quería ser actriz o astronauta. Probablemente esa niña trabaje también de camarera, pero como mínimo tuvo un objetivo al que aferrarse. Ella no.

No le gusta hacer la compra por Amazon, odia Amazon, pero hace la compra ahí. Mal.

Le gusta enterarse por sorpresa de que hay un día festivo con el que no contaba.

Ama, pero mucho, que Guille le proponga planes. Eso no pasa nunca, pero cree que lo amaría si sucediera.

Durum mixto. Sí. Durum mixto gratinado, que es una cosa que hacen en un sitio cerca de su casa. TOTALMENTE SÍ.

Sushi con huevitos de pescado encima, no.

Le gusta escuchar «Raffaella», de Varry Brava, mientras limpia el baño. No le gusta limpiar el baño, pero le gusta escuchar esa canción cuando lo hace.

No le gusta que Guille compre cosas absurdas como una roomba o una airfryer, que luego no utilizan.

NO LE GUSTA ROSALÍA. No le gusta, así en mayúsculas, no pasa nada. PERO NO LE GUSTA.

Odia muchísimo esos enlaces engañosos que dicen cosas tipo: «Procura no reírte cuando veas cómo es ahora la protagonista de *Sabrina, cosas de brujas*». Esos.

A Ana Luisa Borés le gusta mucho el liquidillo que queda al final del Calippo, cuando ya te acabas el polo y queda ese pequeño sorbo que no esperabas.

22

El láser

Diana se tumbó en la camilla con el ridículo (inútil, poco práctico, incómodo, vergonzoso y todas las cosas malas que se te ocurran) tanga de papel. Las camillas le imponían. A todo el mundo le imponen, ella lo sabía y no se creía especial por sentirse extraña al respecto. Había pasado por varias cirugías y siempre que la sedaban pensaba que no despertaría o que tal vez tendría una revelación mística, un mensaje del Más Allá o una charleta animada con su abuela Ángeles, pero no, siempre se despertaba de las operaciones aferrándose a la vida, con ganas de no volver a dormir, con mucha sed y con la boca como si hubiera estado comiendo un puñado de bombillas…

Exagerada era la muchacha, porque nada tenían que ver su vaginoplastia o su rinoplastia con una sesión rutinaria de láser Alejandrita en las piernas.

No, ella no había sido nunca muy velluda, pero sí bastante vaga en lo que a depilación se refiere y, cansada de pasarse la cuchilla, decidió dar el paso para eliminar el vello por fin. Ella lo llamaba el mal de la pareja fija. Que si no te haces una depilación extrema en la soltería, cuando tienes novio estable, uno de esos novios que te han visto vomitar, llorar o sacarte un moco con disimulo viendo *La isla de las tentaciones*, ya no lo harías. Porque… ¿qué son un puñado de pelos en guerrilla en unas piernas comparados con una tarde de flatulencias tras comer un cocido en el restaurante El Bola? Nada. Por eso pasó de hacérselo y con una de esas cuchillas caras de color rosa —que son lo mismo que las de color azul, pero que le ponen un terrorífico impuesto porque van dirigidas a nosotras, volviendo cursi una acción tan rutinaria como rasurarse las ingles—, se esquilaba de vez en cuando y arreando.

Llámalo umbral del dolor de pega o simplemente flojera, pero los disparos de láser la hacían polvo. Cada uno era más doloroso que el anterior y los sufría como una penitencia. Como si se convirtiera en la mártir de la piel suave. No era muy de películas del espacio, pero cada vez que encendían la máquina del láser no podía evitar tararear para sus adentros la marcha imperial del Darth Vader ese.

—¿Todo bien, cariño? —preguntó la estetición al ver la cara apretada de Diana, como si estuviera comiendo limones.

—Sí, por supuesto, tira, sin problema.

Ella prefirió callar que reconocer que ese aparato del demonio la estaba destruyendo e intentó cerrar los ojos y relajarse. Relajarse, ja. Es difícil relajarse cuando sientes pinchazos y quemazón con cuentagotas. Una tortura. Así que, como era de esperar, empezó a pensar en algo que la transportara a otro lugar. A ver, no me malinterpretes, no es que su único motor para desplazarse a un lugar feliz fueran los chicos… No, ella tenía otras inquietudes, seguro que las tenía, pero en este momento, en ese capítulo de su vida, en lo único en lo que pensaba antes de meterse en la cama o al levantarse o cuando elegía el abrigo y los zapatos para enfrentarse el mundo era en él. No, en su novio, no. En el otro, en el policía de sonrisa perfecta y pasado en común. Javi.

¡Ojo! Ella tenía un sentimiento muy contradictorio y no siempre se dejaba llevar por el disfrute de su imaginario. No. Es más, sí pensaba en él antes de irse a dormir, justo antes de entrar en el estado REM. Pensaba que era una mala persona y se torturaba por haberle regalado tanto tiempo en su cabeza. Era natural en ella otorgarle un buen espacio en su corazón, pero era natural también torturarse por hacerlo. Por eso decidió utilizar el dolor del láser, para intentar quitárselo de la cabeza. Pensar en todas las cosas bonitas de Javi y lo que este le provocaba mientras sentía esos disparos achicharrantes en su piel, algo así como una terapia de choque *soft*.

La perfecta sonrisa de Javi que le arrugaba toda la carita de pinturero. DESCARGA. Esa manera tan sexy de mirar fijamente mientras hablaba y de acercarse a más no poder para hacerse escuchar. DESCARGA. Su olor, ese olor a una colonia cualquiera, tal vez una Jean Paul Gaultier, Le male, que le debieron regalar por Navidad. DESCARGA. *Esas manos fuertes cogiéndome por la cintura. Susurros de Javi en mi oreja mientras nos tumbamos en la cama en la penumbra de una habitación cualquiera de un hotel cualquiera… Su boca susurrándome que me va a comer el coño hasta que acabe. Su boca. Sus dedos estrujándome las tetas con suavidad y su puntito de brutalidad mientras se abre paso entre mis pier-*

nas. Javi empotrándome contra la pared mientras me coge la cara para que pueda besarle en una postura incómoda pero eficiente y... Las descargas se perdieron por el camino dejando paso a una excitación puramente estúpida y adolescente. Y en vez de detestar la imagen del chico con los disparos del láser o asociarlo, pues, a algo negativo, su sensación de ñoñería y necesidad se hizo más fuerte y el dolor se convirtió en un suave paseo.

Cuando la chica apagó la máquina y dejó a Diana para que se vistiera, estaba tan exaltada por sus fantasías y ensoñaciones que decidió hacer algo poco propio de ella, algo que negaría siempre, aunque la pregunta saliera en el juego «Yo nunca». ¿Alguna vez te has masturbado tras una sesión de láser Alejandrita y has tardado tres segundos en tener un orgasmo de lo más fortuito...? Pues sí, a Diana, contra todo pronóstico, le tocaría beber.

Claro, claro... Cualquier persona no se martirizaría por haberse masturbado en un lugar como ese; es más, cualquier persona lo habría utilizado para llamar la atención o hacerse la guay en una conversación de borrachera, pero ella se sentía muy culpable al respecto. Mucho.

Diana y la masturbación nunca habían ido muy de la mano. De pequeña detestaba su cuerpo y, aunque era humana y lo exploraba, siempre se sentía extraña y, cuando ya consiguió tener el cuerpo (y los genitales) con los que se identificaba, se aburrió de explorarlos porque enfocaba la sexualidad de un modo... ¿Cómo decirlo? Clásico. Sí. Disfrutaba de su cuerpo, pero lo que más la hacía disfrutar era frotarse con otro humano. Oler, lamer, besar, rozar... Esas cosas le resultaban mucho más alentadoras que hacerlo sola. A veces mentía al respecto. Sabía que había que normalizar la masturbación femenina, pero ella el Satisfyer, aunque siempre mentía y decía que lo utilizaba muchísimo, lo tenía muerto de risa en el cajón y no quería decir que le daba pereza para no quedar como una tonta mojigata, por lo que prefería mentir y decir que se masturbaba muchas más veces de las que lo hacía. Exactamente igual que Ana. Las dos amigas mentían en torno a la masturbación para sentir que encajaban en la conversación. Hay tías que son superpajeras y hay otras, como ellas dos, que eran pajeras ocasionales.

23

Aquella noche

Aquella noche en un concierto de Muse.
Aquella noche en la que a ella también la arrastraron para salir.

07 / 05 /2016

Querida Diana:

Te escribo una carta, no sé, porque estoy ñoña o pava, pero me he acordado de cuando nos las escribíamos en tercero de la ESO y me ha apetecido. Espero tener bien la dirección de Londres y, bueno, espero que te llegue y si no, pues nada, me sirve para desahogarme. Sí, tengo que buscar una psicóloga, es lo que estás pensando. Ya iré.

Yo no quería salir, pero Bea tenía dos entradas para ver a Muse, y Charo, la tía esa rara de Canarias (es que no sé si la conoces, una chica que habla muy despacio, mucho) la dejó tirada y me obligó... Me arrastró al concierto.

No es que Muse no me acabe... A ver, tienen canciones buenas y tal, pero ir a un concierto con lo meona que soy, que tú lo sabes..., pues me raya, porque justo acabo meando cuando tocan la única canción que conozco, me pasa siempre. Intenté no beber cerveza, pero fue imposible. No sé ni las que me tomé, pero siete como poco, aunque me tiré por encima un par de ellas porque la gente se pone muy pesada a darlo todo y a grabar con los móviles intentado conseguir el mejor material como si fuera una de esas galas de Navidad de la Primera. El caso es que mientras sonaba «New Born» (no, yo tampoco la conocía), me viene un tío, ¿vale? Mono y tal, así con barbita, no muy alto y con los ojitos un poco cerrados, como si se hubiera fumado un porro de maría, pero en plan bien, ¿eh? Y me dice que si me puede pedir un favor muy raro. Yo, que ya estoy como una cuba, le digo que sí, yo qué sé... Y me pide el tío que si le puedo cerrar el pendiente que se le ha caído. Flipa. Un aro de esos que son la hostia de difíciles de cerrar porque tienes que meter lo de... ¡Esos! Le digo que vale, sí, con solemnidad, como si me estuviera pidiendo trescientos euros. Vale.

Ella accedió, se acercó a él e intentó ponérselo y cerrarlo y todo se volvió a cámara lenta, como si fuera una de esas películas románticas que Ana negaba ver.

Me acerco. El chico pues olía tope de bien. Como a Fahrenheit, pero no tan pegajoso... Y no dejaba de sonreír. Clac. Se lo pongo, ¿vale? Me doy cuenta de que le he pellizcado la piel del lóbulo de la oreja y se pone a sangrar, tía, sí. Se lo digo y nos reímos, porque no es nada, no sangra nada, un pellizquito. Él, sin dejar de sonreír, me levanta el pulgar, se me acerca y me susurra «gracias» al oído. Creo que me susurró «gracias»...

porque no se escuchaba una mierda... Y en ese momento, tía, me entró como un no sé qué, como una tontería, y estoy segura de que me puse roja y todo, como si ese clac del pendiente fuera un clic dentro de mí. Sí, estoy cursi, tía, estoy tope de cursi.

El chico le llevó una cerveza como agradecimiento. Ella no quería beber más, pero ¿cómo decirle que no a esa sonrisa y esa oreja roja por el pellizco? Brindaron y bebieron y no se quitaron ojo en lo que duró el concierto, pero al acabar, la avalancha los separó y ella lo perdió. Y algo se quebró en el corazón de Ana porque pensó que él era alguien, que iba a ser alguien en su historia y que no sabía ni su nombre ni su nada y creía que encontrarlo de nuevo era lo más difícil del mundo.

Es que no sabes la de peña que había, tía. Esto te va a parecer una chorrada, pero casi me pongo a llorar. Bueno, sin el casi. No sé... Sí, estaba con la regla, pero con lo rancia que soy, noté... noté cosas, pero solo cosas malas por haberle perdido y por haber sido tan gilipollas de no pedirle su número de teléfono. ¿Sabes esa peli en la que la chica de *La princesa prometida* se reencuentra con un viejo amor en un supermercado, hablan, pero luego lo pierde y cuando lo va a buscar, supongo que para pedirle que se fuguen, no lo encuentra? Pues me sentí igual. FATAL.

Nada, que me salí con Bea al parking pensando que iba a estar sola toda la vida, que me lo merezco por tonta y mamarracha y que me tengo que acostumbrar, porque con lo que cuesta que me interese un tío... Y claro, pillar un taxi o algo iba a ser una odisea.

Y allí, en el parking, el corazón de Ana Luisa Borés empezó a palpitar, y todas las imágenes románticas con las que había sido programada de bien pequeña cobraron sentido porque, aunque ella sentía que era todo una gilipollez extrema, creía en el amor (o en la ansiedad, porque era lo que estaba sintiendo en ese momento al encontrarse con el chico del pendiente montándose en un Twingo).

Un Twingo viejísimo de color como turquesa. Él me mira y yo, paralizada, porque creo que me gusta, levanto la cabeza como gesto de saludo y él levanta la manita y como estoy puto estática, no hago nada. Pero Bea, que sabes el morro que tiene, me pregunta si lo conozco y le digo que de antes, y va la tía y le pide a él y a su colega que nos lleven, con un par... Me puse roja, vamos, como un tomate cherry, cariño. Ellos nos dicen que van al centro y que vale, que nos llevan si los invitamos a una cerveza. Yo, todo el trayecto callada, avergonzada. Menos mal que Bea no se calla. Me dio un poco de vergüencita porque contó el chiste aquel del gangoso, el de Arévalo... Un cuadro. Aparcamos en el parking Luna y fuimos al José Alfredo, pero estaba petado y acabamos en un karaoke que hay cerca de Gran Vía, uno que está llenito de filipinos. ¿Tú sabías que en Madrid hay un montón de filipinos? Yo tampoco.

El chico del pendiente perpetró «Grita», de Jarabe de Palo. Fue un espanto, pero a ella le pareció la cosa más tierna del mundo y ahí supo que estaba totalmente perdida y entregada y decidió tomar la iniciativa y hablar de todas las obviedades que te puedas imaginar. ¿Cuándo llegaste a Madrid? De series, de música, de mierdas, lo normal. Él estaba viendo una serie llamada *Doctor Who*, y ella asintió como si supiera cuál era. Él hizo lo mismo cuando ella habló de *A dos metros bajo tierra*. Y bebieron más y mucho más y en un momento, sus manos se rozaron sin querer. Sí, los clichés pasan en la vida y se agradecen, porque hacen que te sientas normal, y eso es una sensación muy reconfortante, por lo menos para Ana Luisa Borés, que pensaba que ella no se pondría blandita con esas cosas mágicas que pasan en un karaoke con filipinos una noche de mayo.

Acabamos en la sala Sol y lo dimos todo, te lo juro. Tomamos un poco de M, poquísimo, ¿eh? Y bailamos como locos y todo lo demás dio igual. Una tontería, te lo juro, y, no sé ni cómo, Bea desapareció y el amigo también, y tampoco sé cómo acabamos besándonos en medio de la pista como si nos fuera la vida en ello. ¿Sabes cuando tu boca encaja con otra? Cuando parece que las lenguas hacen una coreografía. Nada de lenguas duras, ni de rigidez, ni de exceso de baba. Todo como bonito, ¿sabes?

Y claro que fueron a casa. Y él se excusó porque llevaba unos calzoncillos grises dados de sí con un agujerito, pero se justificó diciendo que no tenía pensado enseñárselos a nadie. Les daba corte a ambos, porque estaban desentrenados y buscaron bromas tontas para acabar tirados en la cama fingiendo que solo iban a dormir.

Yo le dije que estaba con la regla, pero le dio igual y eso... Pues me gustó. No te pienses, nada de cohetes ni posturas raras, todo rapidito y normalito, pero bien. No fue el polvo de mi vida...

... pero fue el polvo de su vida.

Y cuando se estaba vistiendo, me entró otra vez el no sé qué y le dije que se podía quedar a dormir para que no tuviera que pillar el tren.

Él se quedó dormido rapidísimo, pero el sol entraba ya por la ventana, y ella estaba despejada y se quedó mirándolo y pensó que se lo había pasado bien. Y que le gustaría ir al cine con él, por ejemplo, o tomarse un café... Lo que ella no sabía es que irían a ver un montón de películas, siempre en cines con palomitas mixtas, o que harían el amor un millón de veces aproximadamente, o que un día él le diría que se fueran a vivir juntos. Y que él le cogería la mano en bodas, bautizos y, lamentablemente, un funeral. Y que bailarían, discutirían poquísimo y se dirían «te quiero» de una manera sincera muchísimas veces. Y que en ese momento, en el caos que era su vida, lo único que tenía seguro era que quería estar con él. Con sus manías, con su respiración rara mientras dormía, con su compra compulsiva de pequeños electrodomésticos, con la miopía que descubriría unos meses después, con su bailar torpe y su risa boba viendo memes de gatitos con sus Karens, con su abanico de inseguridades y frustraciones, con sus llantos en soledad y su mochila cargada o su pendiente en una oreja de lóbulo enrojecido.

Se llama Guille. A ver, hemos quedado el martes y no sé si funcionará la cosa, pero fue tan guay el otro día que solo por eso creo que ha valido la pena. No sé.

Ojalá estuvieras aquí, Diana. Vuelve pronto, que te tengo ganas, tía.

Muchos besos,

Ana

Aquel martes fueron al cine y, sin darse cuenta, acabaron compartiendo armario.

24

Paso básico de aeróbic

Ese día las señoras de la clase de gimnasia estaban raras. Ana lo notó de inmediato, porque estaban poco habladoras, y eso no era lo normal. Las clases eran, sobre todo, para hablar. Para que ese puñado de abuelas tuvieran una ocupación y una distracción; no había operaciones bikinis de por medio ni mucho menos sentadillas. Los ejercicios tontorrones de pierna derecha y pierna izquierda o ese paso básico de aeróbic de crear un cuadrado en el suelo con la punta de los pies (derecha delante, izquierda delante, derecha detrás, izquierda detrás) lejos estaban de una rutina física real.

Lo que pasó esa mañana lluviosa fue uno más de los puntos absurdos en la partitura de la vida semanal de Ana.

Sin saber cómo, dos señoras, Matilde y Transi, empezaron a discutir y hubo un revuelo. Sí, sí, casi llegan a las manos. Si nunca has visto a unas ancianas gritarse y querer tirarse de los pelos, qué suerte tienes, pero Ana no era tan afortunada.

Cuando la monitora de pega intentó separarlas, Matilde le dijo que no se metiera, que era una puta. Sí, dijo «puta». PUTA.

La trifulca empezó cuando Matilde le dijo a Transi que no lo estaba haciendo bien, que era torpe, que su torpeza distraía y que ocupaba demasiado espacio con el paso de salsa básico que Ana, inocente de ella, había traído a la clase para airear los ejercicios repetitivos, y acabaron echándose cosas en cara del pasado y llamando puta a la profesora.

—¿Me has llamado «puta», Matilde?

—Sí, me ha salido del alma, lo siento, es que…

—Es que… ¿qué?

Transi, que era sin duda la favorita de Ana simplemente porque le recordaba a su propia abuela, salió a defenderla rápidamente.

—No le hagas caso, que está senil, la pobre, que se viste con esos colores porque no acepta que es una vieja y…

Y otra vez los gritos y las acusaciones. La vida debe de ser circular, porque a Ana le pareció que las ancianitas se estaban comportando como auténticas niñas detrás de la tapia del colegio.

Ni aunque Ana hubiera sido Jessica Fletcher, la protagonista de *Se ha escrito un crimen*, habría llegado al quid de la cuestión, pero a la salida, mientras todas recogían, Transi se le acercó y le dijo:

—A mí me parece muy bien.

—¿El qué? —contestó Ana desde su desconcierto.

—Pues que ahora… Pues que. Si sales por ahí y conoces a alguien, pues… que nadie se tiene que meter en la vida de los demás. A estas alturas.

Ana no entendía nada y su cara era un poema, pero de

pronto se le heló la sangre y palideció de golpe, algo así como cuando te falta azúcar y vas corriendo a la máquina de Coca-Cola.

—Que yo no se lo voy a decir a nadie y que tienes mi apoyo. Eres joven y tienes que divertirte y pasártelo bien y no hacer caso de lo que digan estas carcas.

La monitora había notado dispersión y cuchicheo en la clase, pero jamás de los jamases se le habría pasado por la cabeza que tuviera que ver con eso. Pero en su cabeza todas las fichas cayeron creando ese efecto dominó, y recordó a aquella tía en la fiesta de las mil Britneys que dijo que era familia de una de sus viejitas. Pensó que todo el mundo sabía que se había besado con otro y sintió que unos neones la apuntaban desde el cielo y que la letra escarlata estaba bordada en su cuerpo para siempre.

Se torturó. Siempre lo hacía, pero esta vez estaba ofendida porque algo que había guardado como un secreto se podía haber extendido como un herpes sin su consentimiento. Ella no quería que ese herpes llegara a Guille, pero sabía que tarde o temprano él lo sabría. Eso le supo mal y le dolió la barriga como un retortijón fuerte, como si una mano imaginaria le estuviera estrujando las vísceras.

25

Ana Luisa intenta cambiar el nórdico sola

Pistacho era ese tipo de gato pasota. A veces daba la sensación de que quería mimos, pero no era cierto. Ana se esforzaba muy al principio, cuando lo adoptaron, en ser mimosa, en humanizarlo, en hablarle, pero llegó un momento en el que entendió la indiferencia de Pistacho y lo respetó como parte de la personalidad de un bicho de cuatro patas que detesta a los humanos y solo quiere su cuenco con pienso lleno y sin un círculo vacío en el centro.

Ana pensaba que el carácter de su gato era parecido al de varios novios que habían pasado por la vida de sus amigas.

Pues Pistacho, que también era ansioso como muchos de esos novios, comía a toda velocidad y eso trastocaba su digestión. Engullir no está bien ni en las relaciones ni en el pienso.

Vomitó sobre la funda del nórdico de Zara Home.

Obviamente el gato no disfrutaba con eso, pero su caminar desfilando por la cama tan pancho, como si estuviera en la pasarela de *RuPaul's Drag Race*, daba a entender lo contrario.

Una de las cosas buenas de tener un novio es poder cambiar el nórdico juntos. Sí, sueles acabar peleando, pero es mucho mejor que hacerlo sola.

Ana Luisa odiaba hacerlo sola. Era de las pocas personas que todavía recordaba cómo se hacían las divisiones en cajita, pero era incapaz de poner la funda limpia ella sola.

Maldijo a Ikea.

Maldijo el invierno.

Maldijo a todas aquellas niñas pequeñas, con nombre y apellido de su clase en EGB, que le venían siempre a la cabeza cuando fallaba en la vida o cuando tenía pequeños logros.

Para ella haberse comido la boca en un baño de una fiesta chapucera de disfraces era un fracaso. Uno gordo. La magnitud del fracaso se medía fácilmente con la sensación pesada en la boca del estómago. Era un gran fracaso cuando no pensaba en ello durante un rato, pero de pronto lo recordaba y tenía esa horrible sensación en el cuerpo de haberte dejado las llaves una vez cierras la puerta de casa de golpe, ¿sabes a lo que me refiero? Ese «¡Ay!» que te hiela la sangre. Ella se sentía así por lo de Germán, por el beso, por ocultárselo a su novio, por saber que había gente que podía saberlo y por notar que podía ser juzgada o que tenía un expediente abierto.

Imaginó por un momento a todas las niñas repelentes de tercero que la miraban con desaprobación. Las vio saltando por su cama, riéndose de ella y llamándola «guarra» mientras hacían peleas de almohada en una fiesta de pijamas inventada.

Se armó de valor e hizo lo que cualquiera habría hecho: arrinconar a las niñas criticonas y buscar un buen tutorial de YouTube de cómo cambiar la funda del nórdico estando sola. La técnica más sencilla consistía en tener la funda al revés, coger las esquinas, hacer un giro mágico y ¡tacháán! Gladys María, la muchacha de acento sexy del vídeo, lo hacía a la perfección.

Lo de Ana Luisa no fue nada mágico. Acabó, sin saber cómo, dentro de la funda, perdida en un desierto nórdico de plumas y acolchamiento sueco, y se sintió atrapada. Muy atrapada. Y gritó y escuchó reír a las niñas imaginarias de su clase y cayó al suelo. Se dio por vencida y rompió a llorar, pero a llorar rollo fuerte, rollo respiración entrecortada, rozando la ansiedad y la frustración.

¿Por qué?

Porque estaba intentando fingir que todo iba bien, que su vida rutinaria y cotidiana haría que poco a poco se olvidara del evento del beso, pero se sentía mal, farsante, mentirosa, y no pudo evitar patalear y llorar dentro de la funda del nórdico.

Sabía que tarde o temprano se lo diría a Guille e imaginó un mapa de reacciones posibles. En muchas de las posibilidades, él acababa haciendo la maleta y pirándose y dejándola sola con un gato que vomitaba frecuentemente. Cambiando el nórdico siempre sola, y eso la aterró. Sabía que en algún mundo del metaverso (o el multiverso, no sabía la diferencia) ella se lo había dicho y ya no estaban juntos, y en ese momento la frustración que la hacía llorar dejó paso a la pura tristeza que magnificó el drama.

Ana Luisa Borés era una persona intensa.

Una de las mejores frases de Jessica Rabbit, tal vez la única buena, es esa famosa cita que dice que no es mala, es que la han dibujado así. Ana Luisa sabía que no era una persona exagerada, es que la educación, la sociedad, su madre, Disney y las putas series la habían convertido en esta maraña de dramas e inseguridades. No está bien echar balones fuera, pero ella necesitaba tener culpables para hacer autocrítica y empezar a trabajar para cambiar y ser más como ella creía que debía ser.

Con Mafi, la psicóloga, tenía una relación intermitente. No seguían una terapia fija, esa manera de trabajar no les funcionaba. Ana la llamaba y hacían una sesión por Zoom cuando lo necesitaba, por lo que más que una psicóloga ejercía de una amiga comprensiva a la que llamar cuando estás de bajón y que sabes que no te va a juzgar (y a la que posteriormente le hacía un bizum, claro). Ella podía llamar a Diana o a Bea, pero también le sabía mal pasar su mierda a una mochila ajena y quedarse tan tranquila.

Verse llorando tirada en el suelo, prisionera de una funda nórdica y de un montón de remordimientos, era suficiente excusa para pedir cita urgente con Mafi y, como poco, desahogarse. Nunca hacía las sesiones de Zoom en casa porque le daba pánico que Guille llegara o la pillara criticando que él fuera dejado en casa o que no tuviera gestos románticos, que era básicamente en lo que centraba sus conflictos. Pero sabía que Guille tardaría en volver y decidió contárselo todo.

«He besado a un tío».

«No se lo he dicho a mi novio».

«Me siento como la mierda».

«Quiero decírselo».

«No quiero decírselo».

«Estoy acojonada».

«Me siento mal».

«No me siento mal».

«Me siento un poco mal».

«¿Por qué coño me tengo que sentir mal?».

«Guille es aburrido».

«Guille es el amor de mi vida».

«No quiero hacerle daño a Guille».

«¿Por qué me siento así?».

Un batiburrillo de pensamientos aflorando desordenados esperaban su turno para convertirse en retahíla de frases soltadas al aire. La boca de Ana era una metralleta de dudas y sentencias.

Mafi intentó no reír; obviamente le parecía que la chica lo estaba sobredimensionando todo.

—Ana, ¿es tan importante el beso? No. ¿No?

—No.

—¿Por qué crees que le das tanta importancia?

—Porque estoy programada para...

—Eso es una gilipollez. Eres una persona madura y eso de la programación es una tontería. No estás programada para nada. Tú tomas tus decisiones y aprendes de tus actos y las consecuencias de estos; Disney te influye con ocho años, pero con treinta y cuatro creo que ya eres una persona con la capacidad de...

—¡Ya!

Ana no la dejó acabar. Se sentía mal y creía que siempre buscaba razones para salir de rositas de los conflictos y se paró a pensar: ¿por qué era tan importante lo del beso si objetivamente parecía una chorrada? Mafi tenía esa insoportable actitud en plan «Yo lo sé, pero no voy a darte la respuesta, tienes que llegar tú».

Y llegaría. Otro día, un poco más adelante, pero llegaría.

26

Lo del hotel

Cuando Diana cruzó la puerta de la habitación 301 del Hotel Cualquiera, llamémoslo así, no sabía quién estaba pilotando los mandos de sus acciones, pero estaba claro que ella no era, o simplemente no quería admitir que deseaba estar allí mucho más que la paz en el mundo. Mucho más.

Una habitación estándar. Las paredes se podían adivinar beige con la luz del sol de la tarde que entraba bajo la persiana a media asta y que lo inundaba todo como si de un recuerdo se tratara. No era un recuerdo. Estaba pasando de verdad. Ella lo propuso y Javi accedió. El silencio y el nerviosismo campaban a sus anchas entre esas cuatro paredes decoradas hace mucho por alguien con un gusto cuestionable.

Diana se quitó los zapatos y se apoyó en la pared observando cómo el chico se sentaba en el borde de la cama y la miraba con una expresión que gritaba «Aquí estamos» o «Parece que lo vamos a hacer».

—¿Pongo... música?

—No —contestó ella con el único atisbo de seguridad que palpitaba tras su blusa blanca.

—Ven —susurró Javi.

Ella tragó saliva y negó suavemente, esbozando una pequeña sonrisa. Claro que quería ir y sentarse a su lado, entregarse, dejarse llevar y quitarse la falda de tubo lo antes posible. Falda poco práctica para un aquí te pillo, aquí te mato, pero daba igual, porque ellos tenían tiempo, una hora o dos como mínimo.

Javi se levantó y de un solo paso (la habitación era pequeñita) se colocó al lado de la mujer que, aun teniendo casi cuarenta años, temblaba como si fuera una Lolita de quince a punto de ser corrompida por un Humbert que controlaba la situación.

—No hace falta que...

Ella le interrumpió y mirándolo sonriente dijo que ya lo sabía.

—Mira, yo sí que quiero poner música. Quiero. ¿Te gusta la música italiana?

—Sí, creo que sí.

—Claro que te gusta. A todo el mundo le gusta la música italiana. Es que no sé qué tiene ese idioma, pero suena muy bien.

—¿No estás pensando en...? —dijo ella.

Él la miró sin contestar, aunque su silencio gritaba algo así como: «No estoy pensando nada más que en ti». Sacó su teléfono y puso una lista de Spotify con tan poca personalidad como la habitación del hotel. Las mejores baladas en italiano. Javi sacó el paquete de tabaco del bolsillo y se encendió un cigarro. El humo y la figura del chico se veían totalmente a contraluz con la luz del atardecer.

—No se puede fumar aquí.

—Yo sí.

Él se rio pícaro y empezó a mover la cadera bailando como si no pudiera contenerse. Ella se llevó la mano a la cara, atontada perdida pero fascinada con la gracia del muchacho y por su capacidad de romper el hielo a golpe de cintura. Javi le ofreció la mano y Diana se sintió Jasmine totalmente; no pudo rechazarla. Él acercó el cuerpo de la chica al suyo. Muy juntos los dos. Se miraron por un segundo y ella agradeció el cigarrillo Chesterfield en la boca de él, porque si no sus labios habrían acabado dejándose llevar por el deseo sin ningún tipo de remedio. Fumar mata, pero puede salvarte de un beso robado… Sí, esa chorrada le vino a la cabeza e inmediatamente se avergonzó, porque era evidente que estaba relegada en una habitación cualquiera de un hotel cualquiera de un día cualquiera de una semana cualquiera de aquella chica, que siempre se sentía cualquiera y ahora se sentía «la chica». No sé si me entiendes.

Empezaron a bailar mientras algún italiano clásico sufría por amor. Sus cabezas se juntaron y ella notó el olor del desodorante de él más fuerte que nunca y eso le resultó excitante. El tiempo parecía haberse detenido en esa habitación casi oscura, ya que el sol se escurría y huía como si le violentara la intimidad de dos personas que se deseaban bailando como unos adolescentes que hacen algo prohibido. Y prohibido estaba, porque ella había puesto unos límites a su existencia.

La pelvis de Diana estaba tan cerca de la de él que no fue complicado notar la erección que se presentaba. No era ninguna sorpresa, se lo esperaba. En todas las veces en los que ella había fantaseado con ese momento, la erección de él tenía un papel fundamental. Le daba igual el tamaño, era la de él y eso era suficiente.

Diana tomó distancia a su pesar, haciendo caso a un último ramalazo de sentido común para ocupar el sitio que él dejó vacante en la cama. Javi cruzó hacia el baño y apagó el cigarro. Ella suspiró fuerte, casi como si se hubiera quitado un peso de encima o al revés, como si se lo hubieran cargado en el estómago. Él volvió y se sentó a su lado. Y empezó a desabrocharle la blusa. Diana se dejó hacer, pero antes de que pudiera acariciarle los pechos, ella lo abrazó. Un abrazo sincero, casi pidiendo disculpas porque sentía que era incapaz de hacerlo. Y la verdad de ese abrazo los tumbó en la cama. Pasaron varios segundos o minutos, a saber. Y en ese momento ella supo que no podía hacerlo. No hizo falta que lo dijera, él lo entendió.

No hubo disculpas ni excusas. No hacían falta. Se abrazaron un rato más. Ella giró su cuerpo ofreciéndole la espalda e hicieron la cucharita. Un acto sencillo, pero lleno de sentido y que también se merecían. Claro que sí.

Se despidieron cordialmente. Ella sabía que no volverían a verse, y probablemente era mejor así. Había tomado una decisión y, aunque notara que era la incorrecta, sabía que en el fondo era la correcta o se convencía para que lo fuera. Javi se perdió entre las personas abrigadas hasta las cejas que deambulaban por el barrio de las Letras. Hacía un frío terrible.

El vaho salía de la boca de ella con cada respiración; era como si todas las cosas no dichas se transformaran en gotas de agua microscópicas, en una nube llena de secretos, y deseó haber *shazameado* alguna de esas canciones italianas para poder torturarse un poco de camino a casa, pero no.

Casi mejor así. No necesitaba ningún tipo de música para sentirse mal. No hizo falta ninguna canción para que ella se sintiera frágil y llorara. ¿Por qué lloraba la tonta si había tomado, según ella, el camino correcto? Porque el corazón es mucho más sabio que los límites que nos pone la educación. Si hubieran follado como animales, si le hubiera practicado una felación durante cuarenta y cinco minutos como tenía pensado, ¿se sentiría mejor? No. El sexo hubiera sido el lacre de una carta que ya estaba escrita, pero que ella no se atrevía a abrir. Sabía que lo que había sentido era más intenso que follar...

Caminaba despacio, casi deshaciendo sus pasos, retrasando al máximo el llegar a casa. No quería llegar, por eso no cogió un taxi, y eso que llevaba unos zapatos de tacón incomodísimos, pero lo vivía como una penitencia. Un castigo. Otro más. En el cuento de Andersen, cuando la Sirenita camina con sus nuevas piernas humanas, siente cristales clavarse en sus pies a cada paso, algo que le recuerda que está yendo contra natura. Diana se sentía un poco así. Por eso decidió entrar en un bar y pedirse una copa de vino tinto sin importarle por primera vez en mucho tiempo lo que proyectaba frente a los demás. No proyectaba «alcohólica», proyectaba «bohemia», pero en realidad era una chica de casi cuarenta años con un corazón de niña que temía volver a su casa porque creía que había metido la pata.

Sonaba «Bachata», de Manuel Turizo, en ese bar. Ella apuró la copa sintiéndose perdida, sin control. Y en vez de levantarse pidió otra. Miró su maxibolso de ejecutiva empoderada de Bimba y Lola, que ocupaba otro taburete en la barra como si fuera un cliente más, y buscó dentro una pequeña moleskine que siempre llevaba para apuntar cosas por si luego se le olvidaban, pero la chica era un cerebrito y nunca le hacía falta revisar el cuaderno. Sacó la libreta, sonrió y empezó a escribir una carta. Reconectar con la adolescente que fue le había despertado la necesidad de contar sus secretos a modo de cartita como hacía con Ana, años atrás.

Querida Ana:

Tengo un secreto y creo que si te llamo para quedar, vendrás y me veré forzada, como siempre, a ser la amiga estricta y maja, la recta, y no te lo diré, por eso prefiero escribírtelo.

No estoy enamorada de Tito. No lo estoy. Lo he descubierto hoy cuando he llevado al amor de mi vida a la habitación del hotel. No hemos hecho nada, pero hemos hecho mucho. Debería sentirme victoriosa por no haber abierto las piernas, que era lo que más deseaba del mundo, pero me siento francamente como una mierda, como si fuera una traidora... No por haber estado en la habitación de un hotel con un hombre al que deseaba o por haber llegado hasta ahí en piloto automático y siguiendo mi impulso más real. Me siento mal porque, tumbada en la cama mientras él me hacía la cucharita, me he dado cuenta de que no amo a Tito y de que tal vez no le he amado nunca. ¿Eso importa? Siempre he pensado que una pareja es como un equipo, hacer un equipo, y siempre he pensado que Tito y yo hacemos un equipo de puta madre. Tal vez cuando llegó a mi vida, me conformé porque me pareció majo y siempre me he sentido poca cosa. He fingido que creía que era más de lo que soy, pero entre líneas siempre estaba mi manera inconsciente de pedir perdón por existir. Creo que siempre he hecho lo que se suponía que tenía que hacer, no sé no hacerlo, porque estoy acostumbrada a fingir, pero no quiero fingir más. No sé cómo ser yo misma, aunque parezca la cosa más contradictoria porque soy trans y eso es una lucha por mostrarte al mundo como eres en realidad. Pero hoy, cuando iba a salir del circuito que me he marcado, me ha dado miedo y he preferido esconder la mano. ¿Es eso normal? ¿Le pasa a todo el mundo? Creo que merecía, aunque fuera una vez, notar algo real. Me merecía el polvazo que he rechazado y me siento mal por eso, pero me sentiría mucho peor si lo hubiera hecho... Ana, tengo casi cuarenta años, no sé muy bien quién soy, y me da la sensación de que ya es tarde para arriesgarme a saberlo, pero siento que me estoy perdiendo algo importante. Me da vértigo. Tengo miedo. Tengo miedo.

Me siento mala amiga por ser incapaz de contarte cómo me siento, pero no lo sé hacer mejor... Lo siento.

Te quiere,

Diana

Casi sin terminar su firma, ya estaba arrancando la hoja del cuaderno, estrujada y depositada en un cenicero sin colillas. Un cenicero sin colillas. *Qué absurdo*, pensó. No se puede fumar en los bares desde hace mucho. Pagó, sonrió a la camarera y volvió a la calle.

Ahora sí que paró un taxi, porque no se puede dar marcha atrás, los zapatos ya eran insoportables y no merecía eso. Su sensación no mejoraría ni aunque su casa se alejara con cada uno de sus pasos.

Diana entró en su portal y allí se topó con Tito, que volvía del trabajo. Se dieron un beso y potenciaron su cansancio en las dos o tres frases que intercambiaron en el ascensor.

—Me encantan esos zapatos —dijo él.

—Gracias.

Entraron en casa y la puerta se cerró tras ellos.

Ella no dijo nada. Se duchó porque sentía que podía oler

a Javi y, aunque le apenaba tener que quitarse el olor de encima porque era un síntoma de pérdida definitiva, lo hizo.
Y el agua y el gel de vainilla se llevaban por el desagüe la historia, las ganas, las fantasías... El agua y el gel de vainilla se
lo llevaron todo. Diana salió en pijama, hizo como siempre
una tortilla, esta vez de queso y atún, y vieron otro capítulo
de *Stranger Things* que no les gustó ni al uno ni a la otra.

27

Infiel

¿Sabías que la palabra «infiel» se utilizaba en el siglo XV para referirse a las personas no creyentes?

28

Lo de Barcelona

Las amigas de verdad son las que se gritan borrachas, escupiéndose verdades con perdigones de gin-tonic en medio de la pista de baile, pero por la mañana se ofrecen agua, churros o ibuprofeno, lo que se necesite para soportar la resaca. Y ese fin de semana improvisado en Barcelona, Diana y Ana Luisa marcarían todos esos *checks* de la verdadera amistad.

El porqué estaban ahí no era importante. Pero sí lo era que se pasaron todo el viaje en Ouigo con cara de culo. Era gracioso ver a unas amigas con cara rancia en unos asientos rosa como los de ese tren. Diana quería ir a Barcelona sola. Ana Luisa ni siquiera quería ir, pero Diana, en contra de lo que sentía (algo que hacía a menudo, no escucharse a sí misma), pensó que proponerle a su amiga un viaje exprés para airearse a la Ciudad Condal era un acierto seguro. No lo era, no lo fue.

A Diana le parecía que Ana Luisa solo hablaba de ella, de ella, de ella, de ella, de ella.

A Ana Luisa le parecía que Diana se ponía tontorrona

cuando se reencontraba con las catalanas con las que estudió en la ciudad...

No, es en serio. Es que le cambia hasta la voz. Se pone insoportable y hablan en catalán. Yo no me quejo, porque no hay nada más antiguo que quejarse de la gente que habla catalán. No es una lengua germánica, del catalán se pilla casi todo. Vi la temporada uno de Merlí y a veces ni leía los subtítulos, no es tan complicado. Pero Diana se pone como... esnob, no sé, como si quisiera aparentar que en Madrid es una prestigiosa abogada de éxito o una empresaria de la hostia con Manolo Blahniks cuando todas sabemos que Manolo Blahnik no hace zapatos del cuarenta y cinco, que es el que ella calza. Por eso me da rabia que mi amiga, que es buena gente y maja, se ponga con ese tonito burgués tontorrón del estereotipo catalán cuando sus colegas de la uni no son así. A ver... Es algo imperceptible para el ojo humano, pero para el ojo de la mejor amiga, no.

¿Por qué la invitó si no quería que fuera? Supongo que la invitó como salvavidas de emergencia por si no era capaz de callarse lo que había hecho con Javi (lo de irse a un hotel y tal...) y necesitara contárselo a alguien. Obviamente a las amigas de Barcelona no les iba a decir ni pío porque no hablaban de cosas personales. Qué vulgar, ¿no?

No recuerdan muy bien lo que pasó, pero Diana acabó gritando en medio de la pista, borracha y desinhibida, algo tipo: «¡A veces puedes comerte una manzana estando tan absorta con tus pensamientos que puedes morder el gusano sin darte cuenta!».

Ana Luisa no entendió qué quería decir, pero le pareció que era algo que le estaba diciendo a ella y empezaron a discutir y a echarse cosas en cara.

—¡Es que tú no te has callado desde que hemos llegado!

—Pero ¡es que tú, Diana, te comportas como si fueras una gilipollas cuando estás con tus amigas catalanas y es que no te reconozco!

—¡No me reconoces porque no miras más allá de tu ombligo, porque estás metida solo en tus mierdas y pasas de todo menos de ti, Anita!

—¡No me llames Anita, que sabes que no me gusta!

—¡A mí no me gusta que me grites y te estás pasando tres pueblos!

—Pues me voy al hotel, Dianita.

—Pues vete a tomar por culo. Porque yo no quería beber y me has obligado a tomar esos putos chupitos de tequila rosa que a saber qué mierda lleva eso, que debe ser puro azúcar, con lo mal que me sienta. Y mírame, en medio de la calle Consell de Cent gritando como una verdulera.

—¡Qué clasista eres! ¡Las verduleras tienen mucha más clase que tú!

—Eso es verdad, no tengo ninguna clase, Ana. Soy basura, intento fingir que soy elegante, pero se me ve el plumero… Soy una mierda…

Y Diana se tiró al suelo llorando, dando la batalla por perdida, y su amiga se abrazó a ella, y las dos, borrachas como cubas, acabaron en el suelo tumbadas mirando el cielo, como lo habían hecho un puñado de años atrás.

—Diana.

—¿Qué?

—¿Tú te acuerdas de que cuando éramos pequeñas se veían las estrellas?

—Joder, sí.

—¿Dónde están ahora? Es que no las veo. ¿Barcelona no tiene estrellas?

—Barcelona tiene estrellas, tonta, pero no se ven por la contaminación.

—Joder, Diana, ¿cómo hemos podido llegar a esto como sociedad? ¿Cómo hemos podido esconder todo lo bonito detrás de toda la mierda? ¿Esto cuándo va a parar?

—No lo sé, pero nosotras no lo veremos.

—¿No?

—No, Ana, no… Todo se va a la mierda. Nosotras nos vamos a la mierda. Yo noto que me estoy yendo a la mierda desde hace mucho.

—Pero ¿qué dices? Si eres la mejor, Diana.

—No lo soy. Vamos a levantarnos del suelo, ahí hay una caca de perro. Merecemos algo mejor que esto.

Ana la cogió de la mano y la obligó a tumbarse en el suelo de nuevo.

—Diana, quedémonos un rato más.

Diana asintió sin decir nada. Y ahí estaban. Dos tías hechas y derechas, borrachas como ratas tumbadas en una de las *superilles* de Barcelona entre una caca de perro, varias colillas y el sonido de una fiesta lejana.

29

Ana Luisa no quiere ser (como su) madre

Ana Luisa soñaba con la maternidad muchas veces. No siempre eran sueños de paz, bonitos y donde encontraba un cometido esperanzador en su nueva situación.

Ella se parecía cada vez más a su madre. Ella lo sabía. Antes no era consciente, y cuando su madre se lo decía para chincharla, Ana no daba crédito y miraba hacia otro lado, pero cada vez era más difícil ignorar la realidad. Ana se parecía a su madre. No solo por su mueca agria o su ceño fruncido, no era algo solo de expresión o de físico, que también, sino algo que tenía que ver con la música interna, con su manera de reaccionar o por la carencia de paciencia. No la tenían ni la madre ni la hija. Primero creyó que no se parecía a su madre. Luego entendió que se parecía a su madre, luego luchó por no parecerse y luego se entregó, aceptó que iba por el mismo camino y que sería una versión dos punto cero se pusiera como se pusiera. La educación había jugado un papel fundamental, claro, pero también la genética. Sí, la genética te acota los límites de tu expansión personal y humana.

Por eso Ana no quería ser madre. ¿Para qué iba a crear otra ella si haciendo balance no podía definirse como alguien feliz o como una persona que dejara huella en el mundo? ¿Pasaría algo si se parara la cadena de montaje que creaba el prototipo Ana de generación en generación? No. Eso la entristecía, porque, aunque era joven, ella creía que ya no lo era y notaba que se le había hecho tarde para todo. Una desagradable sensación.

Empezó a sentirse mediocre en su adolescencia, sí, pero ahí todavía no sabía que iba derechita a convertirse en su madre; aún tenía ilusión por ser alguien, no necesariamente una famosa cantante o la presidenta de los Estados Unidos, pero sí alguien.

Ana admiraba a la gente que traía hijos al mundo, porque ya estamos tan concienciadas de que un niño te absorbe la leche, la vida y la energía que no acababa de entender cuál era el motor real para ser padres. Los padres envejecen antes, salen menos, gastan más, descansan poco y no pueden ni cagar solos. ¿Sería una carencia de instinto lo que hacía que ella no viera lo bueno de la maternidad o simplemente se había pasado el juego y le hacía una peineta al futuro y a su propia programación biológica? Cada una es libre de hacer lo que quiera con su vida, pero cobrando tan poco, estando casi siempre con actitud de lunes y con falta de horas de sueño, le parecía difícil convertirse en la capitana del barco de una familia. Guille quería ser padre. Bien por él.

Ay, Dios... Igual no plantearme tener un hijo con él es el neón luminoso que me está indicando la salida.

Pensó en muchas cosas. Pensó que hipotecar a ese chico

en una relación en la que ella tenía claro que nunca aparecerían los churumbeles era injusto. Se agarró bien fuerte a ese pensamiento y mientras desayunaban en silencio, porque ella se había levantado con pocas ganas de socializar y ningunas ganas de fingir, lo miró pensando que le estaba haciendo un favor y que él estaba obsesionado con poner lavadoras, pero no sabía si sería capaz de cambiar un pañal, ya que en muchos momentos había tenido problemas para desabrochar un sujetador.

Luego, mientras se duchaba, sintió que ese pensamiento era propio de una harpía y se sintió mal. Tenía que empezar a dejar de odiar a su novio al que quería. Ella lo quería, pero era cierto que tras el polvo maravilloso del sofá, aquel en el que se dijeron que se querían y acabaron comiendo nachos con todo, ella había vuelto otra vez a sus pensamientos destructivos y recurrentes, porque notaba que no había evolución y que ambos estaban otra vez en la casilla de salida.

Algo tiene que cambiar. Él. Ellos. Ella. Algo.

30

Diana se siente normal

Cuando Diana encontró una cajita con un anillo con un diamantito (o lo que fuera) en el cajón de los calzoncillos de Tito, notó que se le encendían las orejas. Era una reacción común en ella. Era como una señal de alarma de que algo se desordenaba en su corazón o en su cabeza. Le pasaba también cuando la temperatura cambiaba de golpe o cuando se iba a poner enferma. Su cuerpo era sabio y sus orejas eran el termostato de emociones más fiable que podía tener.

Quiso llorar, pero no lloró. Se llevó la mano a la boca para tapar un gritito mudo y se sentó observando el anillo durante un buen rato.

El matrimonio no es hoy en día lo que era antes, pero para ella tenía un montón de connotaciones relevantes. Podía decirse que en el momento en el que encontró la cajita entre un montón de bóxeres perfectamente doblados y ordenados por colores, sus inseguridades desaparecieron, haciéndola sentir una persona totalmente validada o lo que es lo mismo, normal.

Diana siempre se había sentido diferente. No era cosa de ella, la gente siempre se había encargado de hacerla sentir rara. Ella había aprendido a vivir con esa amarga sensación, como cuando un taxista le hablaba con un género que no era el suyo o cuando el hijo pequeño de una amiga denunciaba la gravedad de su voz, poco propia en una mujer. Diana, *polite* como la que más, salía al paso de esas microescenas de discriminación, pero se sentía insegura y frágil al respecto.

Después de empezar su transición pensó que sería muy difícil conseguir que alguien la quisiera tanto como para arriesgarse a tener una relación con ella. Al principio, cuando empezó a salir por ahí mostrándose ella misma, despertó mucho interés en los chicos, en algunos de ellos, pero descubrió que un porcentaje muy alto no podían verla más allá del puro fetiche o el interés de querer estar con una chica «así». Siempre se mentalizó de que eso podía pasar y de que la soledad iría de su mano hasta que conoció a Tito, y él le quitó la tonta idea a golpe de besos y cariños. Cada pequeño logro dentro de la relación hacía que Diana se sintiera especial y que ganara en seguridad... Sí, está mal dar ese poder a nuestra pareja, pero nadie nace enseñado y menos en lo que al amor respecta. Validarse frente a los chicos la hacía sentir segura y empoderada, pobrecilla. Por eso, haber encontrado ese anillo simbolizaba para ella como una pantalla final. LA pantalla final. Aunque en todas siempre tienes que luchar contra el *final boss*, y se temía que el malo en esta pantalla era ella misma.

31

Macerando

A veces noto que se me queda pequeña la vida. Como un jersey que me aprieta. Como si mi vida hubiera sido lavada con agua caliente en uno de esos programas rápidos y al sacarla para ponérmela de nuevo, pareciera una prenda ajena, algo que yo jamás hubiera comprado, algo que no va con mi estilo y mucho menos con mi talla, pero soy una persona perseverante y entro en esa vida por mi coño. Entro, parece mi jersey, pero no es el mío. Entro y todo me oprime y me pica. Entro. Entro.

Qué ganas de que empiecen las rebajas.

Parece mentira que dentro de la palabra «cáncer» esté la palabra «nacer». En algunas ocasiones he notado que mi recorrido vital era un cáncer. Estoy obsesionada, sí. Una metástasis que se expande sin mucha solución. No quiero que se me caiga el pelo, ni quedarme por el camino. Pero tampoco creo en los milagros. Hay decisiones que son difíciles de tomar, porque conllevan tantos cambios que pienso que lo sen-

sato es dejarse llevar y ver cómo los pequeños tumores corretean a sus anchas por mis emociones, destruyéndolas y convirtiéndome en una más. Llevo luchando tanto tiempo contra la mediocridad que, aunque ha sido una lucha silenciosa, era algo de lo que me avergonzaba porque aceptarla o decir en voz alta que aspiro a algo más siempre me ha dado vergüenza... Pero al mismo tiempo creo que merezco algo más. No sé el qué, pero algo que eleve mi historia a comedia romántica, a lo memorable... y no al ejecutar una rutina mundana, aburrida y estándar como el resto de las chicas de mi edad. No quiero ser como las demás.

A Ana le asusta la tormenta. Bueno «la», no, «las». Las tormentas la conectan con algo infantil, un sentimiento de lo desvalido. Ella es una tía fuerte, echada para adelante, pero cuando truena es solo una niña que quiere que la abracen. Una niña que se esconde bajo la cama y que anhela la seguridad y el resguardo.

La tormenta se estaba volviendo cada vez más fuerte. Pensó que si existiera un dios, podía haberla favorecido en su día de fiesta y haberle regalado un sol de esos que se cuelan por todas partes, esos que iluminan tus ojos de un color que no es el tuyo y te quedan unos selfies perfectos, pero no. Día de fiesta, día de lluvia. Guille no estaba. ¿Dónde estaba Guille? Era de esos días tontorrones que aun siendo miércoles olían a domingo, y quería molestarle, quería arrastrarlo al sofá y hacerse un ovillo junto a su cuerpo y no pensar cosas feas, solo disfrutar estando a su lado.

Qué majo es Guille. Sí.

Ana Luisa podía enumerar un montón de momentos en

los que el amor le golpeaba en la cara y sentía que estaba en el camino correcto. A ver, no los podría contar, no los recuerda como situaciones concretas, pero era cierto que su estómago se inundaba de cosquillitas, de Sidral y efervescencias eventualmente, cuando el nombre de Guille le venía a la cabeza.

A ella le gustaba que él fuera empático, por ejemplo. O que la mirara con amor siempre, como si él hubiera encontrado en Ana su pareja ideal. ¿Sabes esos castores, sí, creo que son castores, que se dan la manita para bajar rio abajo? La mirada de Guille daba a entender que jamás querría coger otra mano que no fuera la de su novia. Ella era su castor. Ana pensaba muchas veces en todo tipo de manos para agarrar, tal vez él también, pero su mirada trasmitía confianza, aceptación… Como que él había elegido estar ahí, estar con ella y adaptarse a sus cambios de humor, a sus broncas expansivas por nada. A que ella estuviera poco en casa, a que no siempre fuera cariñosa, pero sí fuera demandante de amor cuando creía que lo merecía. ¿Era Ana una persona irritante? Por supuesto, pero para él no.

Se tumbó sola en el sofá y se perdió naufragando entre los memes. Intentó dormir tontamente, pero los truenos no la dejaron y se acurrucó sobre sí misma y pensó que ella no evolucionaba como las demás. Lo de TikTok, por ejemplo.

¿Por qué Ana Luisa se empeña en tener una actitud disconforme con la evolución? Porque se siente perdida. En muchas conversaciones aparecen términos tan de TikTok que ella cree que ha perdido la batalla contra la modernidad, que se ha quedado atrás y eso la hace sentirse mal, poco moderna, así que prefiere poner cara de huelepedos y quejarse en vez de preguntar. Sería más fácil si dijera:

—Bea, ¿qué quiere decir «laqueso»?

O:

—¿Cuándo decís «*cringe*», os referís a vergüenza ajena o a otra cosa?

Pero ella prefiere criticar, decirles a sus amigas que están perdidas y que el lenguaje se está yendo a la mierda.

Le pasaba lo mismo con las redes sociales, así en general. En el fondo, aunque dice que no le importa y que le parece todo una chuminada, odia tener trescientos cuarenta y siete seguidores y no más. Dice que pasa de todo y que no cierra la cuenta porque le viene bien ver vídeos de gatitos para relajarse, pero no es así. Le apena no tener vacaciones que subir, odiar su cuerpo en bikini o no tomar eternos *brunches* instagrameables. Ha ido tan lejos su animadversión que aunque le plantaran uno de esos cafés japoneses con muñequitos de espuma, no lo fotografiaría para no parecer una de esas chicas del montón que hacen fotos de todo. Ella cree que su vida no es interesante. Ella cree que sus días no tienen muchas cosas que mostrar.

«Es que no viajo, es que no hago nada».

Ana se dio cuenta de que hacía años que no renovaba el pasaporte. Es más, que no sabía ni dónde diantres lo tenía guardado. Eso la entristeció. No veía planes de futuro vinculados al ocio, a la exploración de otros países o simplemente al descanso, piña colada en mano, en un resort en el quinto pino. ¿Cuándo había perdido el pasaporte? Se levantó del sofá como si le hubiera picado un bicho y lo buscó como una loca por toda la casa, revolviendo esos cajones que sirven solo para acumular cachivaches, tíquets, plásticos y cosas inútiles como un posavasos o un caramelo pegajoso de a saber qué cabalgata de Reyes… Pero nada. Encontró una chapa de propaganda, un boli sin capuchón y unas pilas gastadas, pero ni rastro de ese documento… ¿No tenía ilusiones? ¿No tenía esperanzas? No encontrarlo o no tenerlo guardado denotaba en ella un jodido sentimiento de estancamiento y quiso llorar.

Guille entró de recoger la ropa.

—¡Eso no está seco! —le gritó Ana sin mirarlo.

—Ya…, pero es que va a llover. ¿No estás escuchando los truenos? El iPhone dice que va a llover.

Ana lo miró, devolviendo las pilas con bastante violencia al cajón de la basura.

—Y ¿qué vas a hacer? Dejarlo ahí tirado…, ¿no? ¿Como lo dejas todo? Encima de una silla, arrugado para que huela toda la casa a humedad.

Guille quiso contestar, pero estaba tan sorprendido de los machetes voladores que le estaba lanzando su novia que solo pudo musitar un casi imperceptible: «¿Qué te pasa?».

—¿QUE NO ENCUENTRO EL PUTO PASAPORTE?

—Ah. Pero ¿vas a viajar?

Ana se rompió, cerró el cajón con fuerza y empezó a llorar como a quien le pilla la lluvia al salir de la peluquería.

—¡No, Guille! ¡No voy a viajar! ¡Nunca voy a viajar! ¡Nunca!

Ella dijo tres o cuatro palabras totalmente indescifrables y se fue refunfuñado hasta su cuarto. Sí, parecía que estaba maldiciendo a alguien, pero solo se estaba maldiciendo a sí misma por haber perdido el pasaporte y, sobre todo, las ganas.

32

Lo de Jairo

No, Ana Luisa Borés nunca había sido infiel. Aunque todo depende de lo que tú entiendas por infidelidad. Besarse con otro era la primera vez. Pero si el deseo contara como infidelidad en el concepto que tú tienes ella, sería una campeona, la reina de las traidoras, porque su mente inquieta se disparaba en varias ocasiones creando todo tipo de escenarios ficticios en los que su unión con Guille se esfumaba. No estaba emparejada nunca más.

Cuando tienes novio, miras a otros y piensas en ellos o piensas en dormir en diagonal, sola. Cuando no lo tienes, solo te aterra el frío del invierno o no tener apoyo para ver las películas en el sofá. Y follar, follar también está bien cuando tienes novio.

Ella tenía novio. Ella quería a su novio, pero durante un tiempito, tres meses más o menos, también quiso a Jairo (o creyó quererlo). Pero esto fue hace mucho, dos años antes del beso aproximadamente.

Fue algo instantáneo. Cuando Jairo entró como extra en el restaurante y empezó a coquetear y a buscarle las cosquillas a Ana, metiéndole puyitas tontorronas en un idioma que ambos inventaron, ella se conectó automáticamente con la Ana pizpireta que se había perdido a finales de sus veinte.

Ella se vestía pensando en si a él le gustaría.

Ella hizo ejercicio pensando que él lo notaría.

Ella se peinó —algo que normalmente… no hacía para verse bien— para ella, pero sobre todo para él, que no nos engañe.

Si lo piensas, es como que él, sin saberlo, la animaba a ser mejor en todos los aspectos.

Y amanecía pensando en ese argentino lampiño y se metía en la cama fantaseando con él.

Una vez soñó que le cogía de la mano delante de una hoguera en una fiesta del 4 de julio, como si ella celebrara eso… Y se levantó tan boba que hasta Guille le preguntó por la extraña sonrisa durante el desayuno. Entendamos por desayuno comer una tostada requemada apoyada en la encimera, nada de *porridge* ni coloridas preparaciones de avena y frutas hechas la noche anterior. Ella era vaga, recuerda.

Pero lo de Jairo, del que estuvo enamorada hasta las trancas durante esos tres meses, no fue motor suficiente para que la chica diera un golpe en la mesa en su relación, para que compartiera este sentimiento o para que la lista de defectos de Guille pesara tanto que la balanza tuviera que decantarse por la despedida. Y esta vez, que era un besito de cuarenta y cuatro segundos, sirvió para que ella se sentara, respirara hondo y atrajera la atención de su novio, obligándole a pausar la consola.

—Necesito tiempo.

—¿Tiempo para qué?

—Pues no sé, pero lo necesito. Supongo que no saber contestar hace que sea más gráfico que necesito estar sola.

—Ah.

Guille frunció el ceño intentando averiguar en qué se había equivocado esta vez, pero no le dio tiempo a argumentar o a pedir explicaciones. Ana había soltado la comadreja debajo de la mesa y se había levantado de un salto.

¿Estaba Ana Luisa mintiendo? ¿Estaba huyendo realmente por algo tan simple como un beso? Ella creía que sí. Ella no dejaba de pensar en todo lo malo que tenía aquella acción tan breve y tan eterna al mismo tiempo. Cuarenta y cuatro segundos de saliva y experimentación con una boca diferente, cuarenta y cuatro segundos de una primera vez, cuarenta y cuatro segundos de conectarse con su ella de antes de Guille… Pero eran tantos cuarenta y cuatro segundos juntos que se convertían en horas eternas de pesadumbre y de asuntos por resolver.

La cara de Guille era el mapa de un puñado de muecas fáciles de catalogar. Parecía que iba a romper en llanto, luego microsonrió, después retiró la mirada de la de su novia y su tez se tornó de uno de esos blancos rotos que jamás pondrías en tu pared. Estaba desconcertado, decepcionado y derrotado, no quería luchar, no quería argumentar, porque sabía que pocos ejércitos saldrían victoriosos de una retahíla de preguntas al amor de su vida. Escondió sus reacciones, casi como si le diera pudor sentir, detrás de sus manos. Se frotó la cara como si borrara un telesketch reseteando su expresión, asintió con los ojos achicados para sintetizar todo el torbellino de desolación y de gritos con silenciador y traducir así su corazón hecho añicos en cuatro únicas letras.

—Vale.

Ana lo vio tan frágil, tan vulnerable que dio marcha atrás de golpe.

—Ana, ¿quieres que lo dejemos?

—No. No. ¿Qué dices?

—Ah, joder, qué susto.

Él respiró tranquilo.

—Es que estoy un poco agobiada por todo, no sé, no estoy bien, pero no me apetece hablar de ello.

—Vale, pero estoy aquí para lo que necesites. Ven.

Él le abrió los brazos y ella tuvo que ceder y aceptar el abrazo. Había estado a punto de dejarlo, pero no había sido capaz y ahora se sentía mal por haber puesto las cartas encima de la mesa, aunque luego fuera todo un farol.

33

Atracón

No creo en la crisis de los treinta o en la de los cuarenta. Creo que estamos en crisis permanente, la crisis de la decepción del ser adulto, la de perder la esperanza, la del conformismo y la pena.

Podría verse como un casi trastorno alimentario, pero eso resultaría ofensivo lo miraras por donde lo miraras. Ana se daba atracones más de lo que le gustaría. Cuando estaba bien, lo celebraba comiendo; cuando estaba mal, se premiaba con la comida y, cuando estaba perdida y devastada, arrasaba con todo lo que podía, mezclando ingredientes imposibles.

¿Qué importa? Si se van a mezclar en el estómago igualmente...

Podía comerse un par de mordiscos de fuet, así a lo bruto, luego un yogur, luego un flash de fresa (solo le gustaban los rosas y los azules) o una bolsa de Apetinas y vuelta a empezar. Ese día pocas cosas con glutamato había por casa, la compra era algo fácil de postergar.

No quiero pedirla por Amazon, pero luego soy esa huevo-na incapaz de salir y acercarme al Día, así que tiro del último recurso: un polvorón de canela que había quedado solo, apartado y abandonado.

Eso no caduca, pensó.

Un paquete de galletas de la fortuna que trajo un amigo de Guille y los restos de Nutella. Las galletas de la fortuna no se caracterizaban por su delicioso sabor, así que mojó las dos partes de cada una de ellas, partidas como un corazón, y las utilizó a modo de cuchara manchándose los dedos, las manos y el hocico y sintiéndose desdichada y un poco cerda. La estampa era un poco triste, sí, una muchacha que pasaba de los treinta, llorando, con las manos llenas de chocolate y con un mar de mensajes positivos mal traducidos acumulándose frente a ella.

—La verdadera amistad es azul.

—Si no lo consigues, lo has intentado.

—Una de tus *sueñas* se ha hecho realidad.

¿Las había escrito un mono? Totalmente. ¿Le importaba a Ana? No, no se había parado a leerlas.

Guille apareció por detrás.

—¡Cómo te estás poniendo!

—Sí, tengo… antojo, no sé. Tengo hambre, tengo hambre todo el rato, Guille.

—Oye, lo de ayer… Me quedé rayado, la verdad…

—No te preocupes, está todo bien. Me dio por ahí, es normal… De vez en cuando me dan, pues yo qué sé.

—Vale.

—No te preocupes, Guille.

Ella dijo eso, pero si Guille fuera mi amigo, yo le habría dicho que sí, que se preocupara y que dejara de mirar hacia otro lado. Que, le pasara lo que le pasara a su novia, era obvio que algo le ocurría, pero a veces nos conformamos con los argumentos que se nos dan y luego… Luego nos lamentamos por no haber actuado antes, ¿no crees?

34

Diana y Tito

La relación de Tito y Diana no tuvo ese arranque romántico y fogoso que imaginas. No. Ellos eran muy prácticos y se saltaron esa parte por decisión propia. Se conocieron en una cena en casa de una amiga en común, fueron al cine y a la mínima ya estaban viviendo juntos y comportándose con la cotidianidad de las parejas eternas de ancianos, sin las sonrisas o lo bonito. Algo así como que se convenían. A los dos les gustaba estar en pareja. Ella se sentía validada al tener novio. Él no había conseguido superar a su ex (aunque nunca lo comentara) y quería rehacer su vida como hizo «aquella puta fría y calculadora», según él. La gente dice «fría» y «calculadora» como rasgos negativos y creo que es de lo más injusto. Ojalá fuéramos más frías y calculadoras en momentos en los que nos dejamos llevar por la pasión y el latir. Cuando él hablaba de su ex, Diana se violentaba no porque le incomodara su relación anterior, simplemente porque sacaba el lado más machista del chico y era muy difícil mirar hacia otro lado, pero nunca lo rebatía porque no quería que él pensara que eran celos. Mal.

Tito era un señor(o). Decía que no era de derechas, ¿cómo iba a serlo teniendo una novia trans? Pero en el fondo tenía cosas que lo delataban, aunque era positivo verlo luchar contra su impulso inicial y su educación clásica. Él había dado un salto mortal al tener una novia como la que tenía, pero ella no era como las otras chicas trans, decía su madre. Algo muy ofensivo que daba a entender que las otras trans eran una panda de furcias chabacanas analfabetas. Ese es el clasismo que divide a las personas LGTB. Si tienes medios o una carrera, eres digna; si no, eres un maricón de mierda. HORRIBLE. Pero Diana miraba para otro lado nuevamente porque se sentía adaptada siendo la novia de Tito, el socialista silencioso.

En eso consistía su amor. En el silencio. En estar juntos cordialmente en el mismo espacio, en acostarse a veces, en compartir. Y es que eran un estupendo engranaje de tareas y roles repartidos.

A Diana no le habrían dado el premio a la activista LGTB del año, entre otras cosas porque prefería callar frente a esas situaciones desagradables con su suegra en vez de enfrentarse y argumentar un discurso que probablemente fuera revelador para esa panda de paletos retrógrados disfrazados de progresistas y que no lo eran en absoluto. Era cierto que ella se sentía una más de la familia, y eso restaba relevancia al debate, porque tenía ya tanta confianza que acababa aligerando el conflicto y restándole importancia. Esa actitud de mierda es la que no nos hace evolucionar como sociedad, pero ella no quería sentirse responsable. Creía que el hecho de que la aceptaran era sinónimo de evolución, pero no, solo era un parche en una piscina de plástico.

Por favor, no veas a Diana como alguien detestable, era una superviviente, piénsalo así, y había optado por su propia comodidad, aunque suene egoísta ponerla en riesgo por promover el necesario activismo. Esto la ofuscaba en muchos momentos, pero luego se olvidaba.

Un día, un viernes o un sábado tal vez, después de que Tito hubiera hincado la rodilla (metafóricamente hablando, él tenía mucho sentido del ridículo para hacer eso en un restaurante), Diana escuchó una conversación privada entre su prometido y la madre de este en la cocina del noventero chalet adosado de sus suegros. Ella podía haberse apartado, pero le gustaba el chisme y no pudo evitar quedarse en el último peldaño de la escalera, como Irma Vep, sigilosa e imperceptible. Una ninja con tacones del cuarenta y cinco.

—¿Estás seguro, Tito? Tú sabes que ella es importante para nosotros, mucho, es ya de la familia, le tenemos mucho cariño… Pero tienes que pensar en tu futuro también, tener la mente fría, ya me entiendes.

—No, no te entiendo, mamá.

—Pues que Diana es maravillosa y sé que os queréis muchísimo, pero tú tienes que plantearte… todo.

—Ya me lo he planteado.

—Ella no va a poder ser madre, por ejemplo.

Diana recibió esas palabras, que ni siquiera iban directas a ella, como una patada en toda la cara, como un montón de puñetazos en su barriga y en su alma y se quedó bloqueada, pensando que era incapaz ni de subir ni de bajar la escalera en la que estaba y que si Tito decidía salir, la encontraría paralizada, descompuesta y probablemente llorando.

—¿Eso te lo has planteado? —siguió insistiendo la madre, erre que erre.

La espía no quiso escuchar nada más, pensó que no podía exponerse a otro golpe o caería KO y prefirió esconderse en uno de los múltiples baños de la casa. Allí ya dio rienda suelta a la ansiedad silenciosa. ¿Cómo es eso? Pues es como una crisis de ansiedad, pero el objetivo no está en poder respirar con normalidad, sino simplemente en que nadie pueda escuchar tu pánico, tus jadeos y tu dolor. Es algo típico de las madres, pero también de las personas que decían ser autosuficientes, como Diana.

Un poco más calmada, comprobó que el *waterproof* de su máscara de pestañas había hecho su función y celebró haberse gastado aquellos treinta y cinco euros en Sephora. Se recompuso con toda la dignidad que la caracterizaba y salió a la cena como si nada. Más seria, más herida, pero fingiendo a la perfección, como había estado obligada a hacer toda la vida.

Diana se sentó en la mesa y no probó bocado. Tenía tantas dudas, tantas preguntas. ¿QUÉ COÑO ESTABA HACIENDO EN ESA MESA Y EN ESA CASA? ¿Qué habrá contestado Tito a la presión de su madre? ¿Le dolía no ser madre o le dolía que eso fuera un motivo, según esa bruja, para que la dejaran? Tito, que no le quitaba el ojo de encima, le dio un golpecito con el pie que ella no entendió. No entró al juego y siguió encerrada en sus pensamientos.

—¡Oye! —le susurró el chico con una sonrisa picarona.

Ella no estaba de humor para tanta tontería. Él se dio cuenta y eso hizo que arremetiera un poco más y sacara la artillería pesada. Mientras la familia de Tito seguía arreglando el mundo y hablando de terceros, él cortó un trozo de pan y se lo tiró a su novia a la cara. Ella no entendió el chiste ni la actitud infantil y lo miró molesta.

Encima me tira un trozo de pan, el imbécil.

Y empezaron una conversación en la que no emitieron sonidos, en la que solo se leyeron los labios.

—¿Qué haces, Tito?

—Molestarte.

—Ya te veo, ya. Se te da genial.

—¿Qué te pasa?

—Ene. A. De. A.

Tito cogió otro trozo de pan y esta vez consiguió colarlo en el pelo de su novia.

—¡Tito!

—¿Qué te pasa?

—Que no me pasa nada.

—Anda que no, si tienes cara de culo, de haber llorado.

—Es la que tengo, Tito.

Sí, la familia de Tito era de naturaleza ombliguista y ni se percataban de la conversación muda que estaban teniendo el hijo y la nuera.

—Diana, ¿sabes qué me apetece?

—¿Qué?

—Que nos emborrachemos.

—Vale.

Tito alzó la voz, sin mirar a nadie más que a su novia.

—Nos vamos a ir.

—¿Cómo? —dijo la madre sorprendida.

—Que a mi nov…, a mi prometida y a mí nos apetece irnos a nuestra casa ya.

La madre no daba crédito, pero no tuvo tiempo de argumentar nada porque a la mínima Tito y Diana ya estaban en un coche de camino de un peruano donde hacían los mejores piscos de la ciudad. Tito no podía imaginar que su novia había escuchado el disparate de su madre, pero él sí que lo había oído, y le había resultado tan ofensivo que quería protegerla a toda costa, aunque creyera que ella no era conocedora de esa información.

Diana tampoco se lo dijo, no le pareció que eso fuera a servir para nada. Pero en la noche y tal vez porque estaba herida, se reencontró con ese chico como si fuera nuevo, como si fuera otro entre varias rondas de pisco y rieron más que nunca. Rieron por tonterías y hablaron de los Trolls del tesoro, de los muñecos de He-Man, de *Punky Brewster* y de chorradas así.

Ella no sabía lo que había respondido Tito a su madre, pero lo que estaba claro era que él quería estar ahí con ella y eso podía ser suficiente.

Llegaron a casa, se morrearon como hacía tiempo, intentaron follar, pero acabaron dormidos, semidesnudos y tirados en la cama como si ambos se hubieran caído desde un séptimo. Y de algún modo, lo habían hecho.

35

Reencuentro

Era algo que Ana Luisa Borés hacia a menudo. Antes. Antes de sentirse mayor, antes de sentirse vieja. Antes de que sus rodillas hicieran clac-clac como si fueran las de una Barbie de imitación, una Barbie falsa, muy falsa con alambre en las rodillas que hace clac-clac.

Antes lo hacía, antes se permitía el tomarse la tarde para ella. Pasear, ojear una revista que nunca compraría cuando en Fnac todavía vendían revistas... Y eso fue lo primero que le llamó la atención cuando entró al centro comercial. *Ya no tienen putas revistas aquí*, pensó.

La Ana soltera, la de antes del concierto de Muse, caminaba por los pasillos de Fnac porque le parecía un lugar perfecto para encontrar el amor. Sí, ya lo sabes, la programación. Estaba programada para hacer ese tipo de polladas que empezaban llenas de esperanza para perderla y nadar en la frustración. Es maravilloso sentirte como la heroína de una comedia romántica hasta que notas que no pasas el casting para el personaje principal. A ella le gustaba deambular por esos pasillos llenos de libros, notando cómo sus pies rozaban la moqueta a cada paso y cómo se creaba una extraña comunión de paseantes culturetas buscando el amor entre ediciones a punto de ser descatalogadas de DVD que nadie compraría nunca. ¿Recuerdas que en Fnac podías escuchar los CD antes de comprarlos? Ella lo recordaba. Y le gustaba recordarse así. Sola, con una gabardina hecha polvo que tenía los bolsillos rotos por los que siempre se le caían las llaves o la barra de cacao, con un moño mal hecho, sin maquillar y dudando si cortarse el pelo como Amélie mientras escuchaba la banda sonora compuesta por Yann Tiersen. Esa banda sonora nos hizo mucho daño, pero cuando eres una veinteañera que te proyectas como la protagonista de una comedia romántica en un centro comercial, te viene como anillo al dedo. Nunca encontró el amor allí, nunca intercambió recomendaciones literarias con nadie (habrían sido recomendaciones chapuceras, porque ella de literatura no sabía nada), y poco a poco ese decorado de ciudad fue perdiendo su interés. Antes no tenía un duro para comprar nada ahí… Ahora, podría permitirse tres o cuatro libros en una sola compra, pero ya no iba… Hasta aquel jueves raro, en el que salió un poco antes, en el que sus pies la alejaron de la entrada del metro de Callao y la desviaron hacia Fnac como si ella no los controlara. No había revistas, no había auriculares para escuchar los CD, aquel sitio ya no era el mismo, ella no era la misma, pero pudo reconocerse en un puñado de chicas solas que deambulaban buscando el amor… y pensó:

Qué pena que ya no salga a pasear sola. ¿Por qué dejé de pasear sola?

Se dio rabia. Sí, se dio rabia a sí misma. No se gustó así desaliñada, con su ropa oliendo a falafel y desencantada, y decidió tomarse la tarde (o un ratito) para ella…

No le hicieron falta muchos pasos o enzarzarse en debates internos consigo misma porque, tras bichear un par de escaparates con los que se quedó embobada, se topó con Germán, el chico de la serpiente de peluche.

GUAU.

BOOM.

Es lo que pasa cuando te sales de tu camino marcado y te saltas la línea que tú misma trazaste, pues que te topas. Te topas.

Se topó… A ver, bueno, ella lo vio de lejos y se escondió literalmente en un estanco. Toparse, toparse, tampoco. Ojalá fumara, pensó, pero le dio igual disimular o no frente a la dependienta que le cambiaba el paquete por uno de una estupenda marca de cigarros mentolados…

El corazón se le aceleró una cosa mala.

¿Me habrá visto? No, no puede ser.

Él no la había visto, claro que no. No la habría reconocido. Una fugaz tortura empezó a pico y pila en el corazón de la chica, convenciéndola de que la había visto, pero se había hecho el longuis porque ella lo había horrorizado. Ella no estaba en ese día de guapo subido y de pelo gracioso, no, no era ese día. Se miró reflejada en una vitrina llena de grinders, cachimbas y cigarrillos electrónicos para confirmar que no estaba mona, pero tampoco era de sus peores días.

—¿La puedo ayudar en algo?

Ella le hizo un gesto rápido en plan para que se callara. Se llevó la mano al pecho como si eso pudiera apaciguar su taquicardia, pero no fue así, no paró. Exhaló por la boca como tantas veces había visto en las películas y asomó la cabecita hacia la calle. ¿Qué vio?

A Germán. Un chico joven con el pelo como si se acabara de levantar de una siesta de tres horas en un sofá. De brazos fuertes y chándal. ¿Llevaba calzoncillos? Probablemente no... Sí, él le despertaba un instinto de lo más animal y sus ojos se lanzaron como dardos a su entrepierna. Benji Price. Susurró «Benji Price» frente a la mirada atónita de la dependienta del estanco. El chico estaba repartiendo *flyers* frente a la puerta de un teatro en el barrio de las Letras. No tenía mucha suerte, pero cuando algún peatón se llevaba el papelito, el muchacho sonreía y un par de hoyuelos como disparos a traición adornaban su sonrisa.

Qué guapo. ¿Tenía esos hoyuelos? No los recordaba. ¿Qué hago?

El guionista de la vida de Ana había querido crear ese encuentro, por lo que ella debía ceder y acercarse. Apechugar, vamos, pero ¿qué pasaría? ¿La cogería con sus fuertes brazos y la metería en la sala para empotrarla encima de la escenografía barata que probablemente tenía en su obra? ¿La reconocería? ¿Se arrepentiría de haberla besado? ¿Le echaría en cara que no le hubiera hecho *follow back*?

Cámara lenta. Todo se volvió a cámara lenta. Ana se armó de valor y recordó aquella película asiática, *In the mood no sé qué*, en la que la protagonista se cruzaba con el chico que le gustaba mientras llevaba un táper con fideos o algo así (ella no recordaba muy bien la peli porque se quedó dormida), pero recordó la banda sonora y la imaginó en su cabeza mientras caminó frente al chico intentando contener sus temblores nerviosos para no parecer un chihuahua asustado. El destino quiso que ella lo viera, pero el mismo destino quiso que él mirara en esa dirección. Por lo que la poesía urbana reventó completamente y la escena volvió a un ritmo de lo más normal. Una velocidad tan normal que hacía que todas las personas pasaran desapercibidas por el barrio de las Letras, incluido Germán e incluida Ana.

36

Ahora sí que sí

Esa mañana lo tenía claro. Las dudas habían desaparecido del batiburrillo de ideas y conceptos que naufragaban en el pensamiento de Ana. No te equivoques, no tenía que ver con el encuentro con Germán o algo así. Bueno, haberse encontrado con Germán y sentir cosas nuevas y diferentes era como la cerilla que enciende la mecha del petardo en el que ella se había convertido. Esa mañana lo tenía claro, sí. Iba a dejar a Guillermo. Y por mucho que él llorara, no iba a recular como en su último intento.

No necesitó sentarse para hacer de nuevo una estúpida lista, llevaba días paseando por el jardín de defectos del chico. Notaba cómo la vida se consumía a toda velocidad, sí, se había despertado tontorrona ese martes y se imaginaba a sí misma como un cigarrillo que se consume apoyado en un cenicero sin que nadie lo disfrute, sin que nadie le dé una miserable calada, y ella no quería eso. Ella no quería ser un cigarrillo.

Esa mañana lo tenía claro. Eran las 9.25, no había pegado ojo y miraba al chico respirar profundo a su lado con la boca abierta sabiendo que ya, que ya estaba. Es que él, si ella no se levantaba, podía seguir eternamente en la cama porque no tenía iniciativa. No tenía iniciativa, era aburrido y se comportaba como un niño. Sí, la quería.

Sí, me quiere.

Pero ella a él, no. Eso se repetía, que no le quería de la misma manera. Que sí que le quería, pero menos; sí, bastante menos o diferente. No le apetecía estar con él. No quería estar con él. Estaba apoyada en esas teorías místicas facilonas que defienden que si no cierras una puerta, no se abre otra; que si llevas una luz roja en la cabeza de ocupada en vez de una verde de disponible, el destino no te pondrá nuevos pasajeros y retos en la carretera. Sentía que había llegado el momento de estar disponible porque llevaba tanto tiempo pensando en las posibilidades, en lo que se estaba perdiendo, en lo cerca que estaban los cuarenta y en lo en coma que estaban sus mariposas del estómago, que lo más fácil era saltar del barco. Hasta aquí.

Entró en el baño, se bajó las desgastadísimas braguitas y se sentó en la taza. Mientras hacía pipí miraba sus bragas viejas y pensó que eso también era una señal, que si llevaba ese tipo de ropa interior hecha polvo con lo baratos que eran los packs de tres o cuatro bragas en Women'secret, era básicamente porque no se respetaba y porque se había echado a perder. Terminó de orinar, pero no se levantó porque estaba justo en medio de uno de sus monólogos internos.

Solo tengo una vida. Esta relación… No, es que esta relación no va a ir a ningún sitio. Es injusto para él y es injusto para mí, porque aunque nos queremos, querer no es suficien-

te para mantener una relación, no. Es que yo necesito otras cosas, es que él no me las puede dar, no me las va a poder dar nunca.

Y antes de que callara su máquina de pensar tópicos y clichés de las relaciones, él entró en el baño.

—Buenos días, amor.

Guille, que sí, se estaba rascando las pelotas, se agachó para darle un beso en la mejilla a su novia, que seguía sentada en la taza. Ella lo recibió y se enterneció, pero no flaqueó en su intención. Cortó un trozo de papel demasiado grande, se secó las gotitas de pipí que le quedaban y se subió las bragas viejas, símbolo de tantas cosas.

—¿Has descansado, Anita?

Anita, ¿por qué me llama Anita? Es que no me gusta que me llame Anita, no me gusta nada.

—No, no mucho…

—Vaya, lo siento. Yo he soñado unas cosas loquísimas, como que estábamos, no me acuerdo, en una tienda de animales, creo… Y veía a los… Como a unos… Como Timón, de Timón y Pumba. Un perro de…

—Un suricato, Timón es un suricato.

—Eso.

Guille se echó pasta de dientes en el cepillo, una cantidad exagerada de pasta de dientes en el cepillo, algo que ella no podía entender en absoluto, y antes de que él terminara de lavarse los dientes, ella le dejó. Lo hizo. Terminó la relación con una sola frase que él entendió a la perfección.

—Guille, que ya.

Él la miró. Y quiso articular un «¿Qué?», pero tenía la boca llena de espuma con olor a clorofila chorreándole por las comisuras y no pudo.

—Que ya… —insistió ella.

Esa fue la madura conversación que Ana Luisa Borés había estado maquinando y macerando todo este tiempo, pero supongo que la conexión de los años que llevaban juntos hizo que él no necesitara más que esas dos palabras. «Que ya».

Guille, ese chico que coleccionaba muñecos de los *Thundercats* y que se reía con las caídas de *FailArmy* o que disfrutaba de las cosas simples como un bote de Pringles verdes o dos litros de Coca-Cola Zero, asumió que su novia lo estaba dejando. No intentó defenderse, no intentó argumentar nada o convencerla de lo contrario y, al mismo tiempo que se le empapaban los ojos e intentaba contener el llanto, se le empapaba también la lengua de palabras que nunca diría. Bueno, sí, a su psicóloga un par de años después.

«Cuando Ana me dijo "Que ya", pensé que mucho había aguantado y yo qué sé. ¿Sabes esos concursos en los que pierden, pero se llevan un premio de consolación? Yo sentí que tenía un premio de consolación, o sea, un premio. No sé, que yo ya había ganado cuando la enredé la primera vez y mucho había aguantado. Ella es, cómo te digo esto… Mucho. Es guapa, inteligente, creativa aunque no lo reconozca, porque es creativa de las cosas del día a día, que cocina poco, pero cuando lo hace se inventa unas movidas que igual no están buenas, pero da gusto verla hacerlo. Da gusto verla hacer cualquier cosa y cuando me lo dijo, pues pensé que merecía algo mejor que yo. A ver, lloré como un hijo de puta. Intenté no hacerlo, pero lloré y la quería abrazar, pero no sabía si eso estaba bien, si procedía o si ella lo iba a interpretar como un intento de agarrarla para que no se fuera. Supongo que eso es el amor, querer a alguien y querer que sea feliz, que sea mejor y no sé si yo… ¿Qué le puedo ofrecer yo que no le haya ofrecido ya? Si era, por lo menos para mí, algo que sabía que tenía que pasar tarde o temprano. Me dio mucha pena… Mucha pena».

En ese momento, en el de las dos palabras de Ana, el «Que ya», todo se volvió un poco loco en la casa. Ana diciendo cosas sin sentido, justificándose y echando balones fuera y Guille intentando no llorar. Un cuadro, uno borroso, como un mal recuerdo, una coctelera con los ingredientes equivocados. Pues para complicarlo, Pistacho, el gato gordo al que nadie acariciaba, entró en escena y empezó a vomitar. Vomitó por toda la casa, como si quisiera confeccionar un mapa del tesoro a base de esputos.

Cuando un animal enferma, se crea un silencio en el hogar. Nunca sabes si lo que le pasa es suficiente para ir al veterinario o si, por el contrario, deberías quedarte en casa y hacerle unos mimitos y darle chuches. Por eso lo más normal es ver a los dueños observando fijamente a las mascotas pochas pensando si salen o si no. Si se ponen los zapatos o si enciendes Netflix. Los veterinarios son caros y la pereza siempre tiene falsos argumentos de peso para quedarse en casa. Pero este no era el caso. Pistacho estaba enfermo, muy enfermo. Lo observaron un rato y a la mínima, entendieron que el gato estaba mal, muy mal.

Sin decir nada y demostrando que eran un equipo de puta madre, Guille empezó a limpiar el reguero de escupitajos y flemas mientras que Ana ponía a punto el transportín y buscaba la cartilla del animal.

Habían visitado a varios veterinarios en el pasado, pero nunca habían dado con ninguno que les gustara tanto como el de la Universidad Complutense. Era un hospital universitario, demasiado barato, pero les parecía el mejor. Así que se lanzaron a la carretera sin pensar si seguían siendo novios o si ya no lo eran. Solo hablaban del gato. El gato esto, el gato lo otro. Que si el pienso, que si le había dado demasiado el sol, que si había comido algo que no debía o que si tenía cáncer gatuno, que se ve que existe y es peligrosísimo, y que si al gato de no sé quién le había pasado no sé cuándo.

¿Quién les iba a decir a esa pareja recién separada que su gato, que tenía nombre de fruto seco, iba a estar totalmente intoxicado? Así era. Algo tan bonito como un narciso lo había envenenado lentamente. Por suerte, el conflicto se resolvió a tiempo, pero eso no quitó que Guille se pusiera a llorar exageradamente sintiéndose culpable, porque él había visto al gatete comer plantas del minijardín que tenían y no le había dado más importancia.

—Yo no sabía que eso era venenoso, yo no sabía que eso era mortal, no podría perdonarme si le pasara algo…

Por suerte, el gato fue rescatado a tiempo.

Guille no era consciente de la analogía.

Cuando Ana Luisa Borés vio a su novio como un ente sensible con sentimiento de culpa, quiso pedirle disculpas por haberle escupido a la cara sus inseguridades a modo de ruptura, pero no lo hizo. Llegaron a casa e intentaron que el gato durmiera con ellos, pero fue imposible. Pistacho no era esa clase de mascota y estaba medicado, solo quería estar fresquito en el suelo. El impulso de querer abrazar fuerte a su casi ex le pareció maternal y eso le preocupó un poco, así que simplemente le dio la espalda e intentó rozar el pie del chico con el suyo propio, algo así como si se cogieran las manos de un modo oculto. Él se dejó rozar y ambos se quedaron dormidos.

A la mañana siguiente, ella preparó una bolsa, hablaron del gato y poco más, y Guille dejó que se marchara sin intentar convencerla. ¿Qué hubiera hecho ella si él lo hubiera intentado? ¿Tú qué crees? Yo lo sé, pero me lo quedo para mí.

37

Un taxi

Cuando Ana Luisa cerró la puerta de aquel taxi, notó que daba un portazo de mala manera a los años que había pasado con Guille y empezó a sentir un sentimiento hasta ahora desconocido. Una especie de frío helado en la boca del estómago sazonado con dudas, remordimientos. UNA MIERDA DE SENTIMIENTO. ¿Por qué se sentía tan mal si creía que estaba haciendo lo correcto? Lo normal es que, aunque se sintiera triste, tuviera una sensación reconfortante de alivio, de juventud, de comienzo. Intentó buscar la sensación de alivio entre todos los rincones y recovecos de su corazón y ahí solo había un puñado de recuerdos cotidianos y de planos a cámara lenta de aquel chico al que le puso el pendiente en un concierto de Muse.

Pero, como ser huevona le venía de su madre y era algo genético, no podía permitirse el margen de duda, así que intentó perderse entre un puñado de reels de recetas para ver si dejaba de pensar en él. Imposible. No, tampoco le entró hambre. Solo más y más pena.

Nunca se había visto en otra escena igual, nunca se había sentido la heroína de una película del mediodía que se dirige al aeropuerto y espera a que el galán la socorra tras pasar el control, pero ¿a qué galán esperaba? El único que podía salvarla era su sentido común, pero no estaba invitado a la fiesta de las soledades.

El taxista, que no dejaba de mirarla por el retrovisor, le preguntó si estaba bien y ella, borde y seca, le escupió un: «Prefiero no hablar. Gracias» de lo más clasista y maleducado. Creía que se lo podía permitir. Ella era la protagonista del drama y él, un mero figurante metomentodo.

Él siguió conduciendo en silencio.

Ella siguió sufriendo también en silencio.

38

El sofá de Bea

—¿Necesitas algo? El sofá, como es viejo, parece incómodo, pero precisamente porque es viejo no lo es, ya verás... —dijo Bea mientras se secaba el pelo con una toalla.

—¿Utilizas albornoz? —preguntó Ana.

—Sí. ¿Tú no?

—Solo en los hoteles.

Ana se tumbó. Estaba triste, eso era evidente, y Bea no era ciega; era pesada, sí, pero no ciega y se sentó en su sofá, en la esquinita, casi pidiendo permiso con el cuerpo. No hizo falta que Bea preguntara nada, eran amigas y se leían más allá de las palabras, así que Ana respondió directamente, y todo lo que había callado desde que había entrado en el pequeño piso cercano a San Bernardo se convirtió en un monólogo disparado a discreción.

—Que estoy bien, no me mires así. Estoy bien... jodida, triste, mal... Tengo la sensación de que me estoy equivocando y de que soy una inmadura, pero estoy bien. Muy bien. No sé si estoy haciendo lo correcto, Bea, no lo sé, pero tampoco sé quedarme quieta y esperar a que todo pase y a que las cosas se coloquen por sí solas en su sitio. Eso a mí nunca me ha funcionado, tú lo sabes. Sí que le quiero, quiero a Guille, pero temo todo el rato estar perdiéndome cosas de la vida, y no me refiero a otros tíos, me refiero a cosas importantes, a cosas mías que me hagan crecer, coño. Tengo miedo de perderme esas cosas... No, no sé cuáles son, pero creo que me sentía apretada y asfixiada, silenciada y mayor. No es que no quiera responsabilidades, es que... Joder, no sé ni lo que me digo, pero tú ya me entiendes. Gracias por adoptarme. ¿Sabes? Te veo ahí sentada, con ese albornoz que te queda grande, cariño, eso es así, y me apetece pedirte disculpas, Bea... Yo no... No... Siempre he dudado de tu bisexualidad y es injusto. Me he reído de ello y he sido una mala amiga, no sé cómo he llevado tan lejos ese pensamiento ridículo. ¿Quién coño soy yo para cuestionarte? Somos las personas como yo las que os silenciamos constantemente y no mola un pelo... Pues yo a veces me siento un poco silenciada en general... Espero que me perdones.

—Yo te quiero pedir perdón por haber minimizado tus problemas y haberte dicho que eras tonta.

Ana se defendió, pero no desde la acritud, desde la templanza.

—No quiero ser un referente. No quiero representar al resto de las mujeres, solo quiero representarme a mí. Yo entiendo que lo que hago o como reacciono a las cosas te ha parecido de ser imbécil, pero es mi vida y no quería sentirme presionada por vosotras. Entiendo que lo guay y lo moderno es ser como tú, pero yo no soy así y aunque mis conflictos te parezcan una gilipollez, son los míos propios y por eso me supo mal.

—Lo entiendo, Ana.

Se abrazaron, rieron, hablaron un poco más del tema y decidieron poner la primera temporada de *The O.C.* porque Bea tuvo mucho *crush* con Mischa Barton cuando era joven, pero acabaron quedándose dormiditas en el sofá.

Bea se despertó a eso de las dos de la mañana y, en vez de irse a ocupar esa cómoda cama que esperaba vacía, prefirió acurrucarse un poco más y notar el calor y la cercanía de su amiga.

Ana, Diana y Bea eran un interesante trío de amigas y pocas veces hacían cosas por parejas. Bea no recordaba la última vez que había estado sola con Ana en una situación tan íntima donde su amiga se abriera, y le pareció que hasta ella misma modificaba su personalidad en función de si estaba con una, con la otra o con las dos. Pensó que eso era algo que hacía todo el mundo… Dudó y durmió.

A la mañana siguiente, se levantaron doloridas como si les hubieran pegado una paliza mientras dormían. El sofá no era tan cómodo como prometía su vejez.

39

Sola. Ana Luisa Borés estaba sola

Cuando Ana se vio sola otra vez, muchísimas posibilidades se plantearon ordenaditas en su mesa del desayuno. Como un bufet de caminos. Primero se sintió como una mochilera intrépida con ganas de explorarlos todos, pero luego las sendas se desvanecieron y empezó a llover y las opciones se embarraron. Pensó en escribir un mensaje tonto al chico de la falsa serpiente. Algo sutil o algo de lo más explícito, no lo tenía claro, pero ya que se había sentido tan mal por un simple beso, quería echar un polvo para que el recuerdo, que ya la iba a atormentar de por vida, como mínimo, estuviera justificado. No lo hizo, claro que no. Aquel chico no es que no le interesara, es que literalmente le daba una pereza extrema, pero muchas veces Ana Luisa se dejaba llevar por la inercia de lo que se suponía que tenía que hacer. «Ahora estoy soltera = Me follo al de la serpiente». No, caca. A ver, era lógico, porque ya se había atormentado tanto con la historia que en su cuchillo ya estaba la muesca hecha a modo de anticipo.

Hay gente que cree que al salir de una relación lo normal es pasar por un luto, reencontrarte contigo misma, adivinar quién eres sin ser «la pareja de», pero Ana esos deberes ya los tenía hechos. No muy bien hechos, pero algo hechos. Nada hechos, no nos engañemos, pero creía que sí.

Cuando era pequeña, en cuarto de primaria, aprendió un truco. Todos los días tenían que resolver unas operaciones matemáticas en casa y al día siguiente, un niño o niña salía a la pizarra a resolverlas delante del resto. Uf, suena estresante solo de pensarlo, ¿verdad? Al llegar a la clase, la maestra, aquella señora de faldas largas y exceso de complementos, con aquel aliento que olía a cetona, algo que una niña recordaría siempre, de por vida, se acercaba pupitre por pupitre para chequear en los cuadernos que las operaciones estaban hechas. Ana siempre las hacía. Siempre. Pero hacía trampas. La profesora no chequeaba los resultados, solo que la tarea estuviera hecha, por lo que la niña, justo antes de dormir, rellenaba las operaciones con números cualquiera para que la profe viera que estaba todo hecho. Solo las resolvía realmente, solo se esforzaba, la noche anterior al día que le tocaba salir a la pizarra. Nunca comentó su secreto, pero siempre se sintió orgullosa de ello.

Pues con la ruptura de Guille, igual. Ella tenía que sentarse a resolver sus problemas, a reubicarse, pero hizo un lavado de cara rápido a su vida para que pareciera que había resuelto las multiplicaciones, las sumas y las restas, y que estaba todo hecho, pero en realidad era todo fachada y tenía mucha plancha aún.

—Ana, ¿estás bien? —dijo Bea, mirándola fijamente a los ojos como si le hubiera pillado una mentira.

—Sí. Me duele un poco la espalda, porque el sofá…

—Que no, que no, que no. Que si estás bien.

—Que sí —contestó Ana, como si fuera evidente.

—No me lo creo, Ana. A mí no me la cuelas. Pero si tú te quieres engañar y tal, allá tú. Por cierto, aquí te puedes quedar todo el tiempo que quieras, pero compra algo, cariña, que está la nevera pelada… No sabía que comías de este modo.

—Es por la ruptura.

—Mi coño moreno.

«Mi coño moreno» era una frase estupenda para dar por finiquitada cualquier conversación.

40

El sudor sobre ella

A ver, era obvio que Guille y yo nos teníamos que reencontrar porque literalmente yo me fui de casa con lo puesto, con una mochila con tres bragas, un cepillo de dientes y un cargador. Es maravillosa la aventura de empezar y de permitirte comprarte ropa nueva, cosas nuevas para la nueva tú, o sea, para la nueva yo pero, reconozcámoslo, soy puto pobre. Cuando le dije de quedar, estuvo pues como era de esperar, tirando a cortante, ¿vale? Lo entiendo. Creo que estos días de separación me había apoyado totalmente en el anhelo, la expectación y lo nuevo, pero Guille creo que sigue ahí clavado en el sofá intentando digerir que ya no estoy. Le duele. Le duele mucho.

Cuando entré con mi llave, porque aún la tengo, lo encontré en la misma posición que lo dejé, sentado en la esquinita del sofá agarrándose las manos. El chico necesitaba cariño. Dejé las llaves encima de la cajonera que siempre odié, esa que no pegaba con nada en esa casa, como yo, y... Buf, me quedé en silencio. ¿Por qué me siento así? Me había encargado de enumerar todas las cosas que odiaba de Guille, pero cuando lo vi sentadito, con su pantalón de pijama viejo lleno de bolitas, lo noté como si él fuera mi propia casa. ¿Suena raro? Como si nunca me hubiera tenido que ir, vaya... Y todas las ganas de explorar, de que me pasaran cosas, de empezar se convirtieron en... No sé.

Yo sí lo sé. Se convirtieron en ganas de abrazarle. En ganas de acurrucarse sobre él y recuperar la sensación de pertenencia que había perdido con el portazo. El silencio duró más de lo que se podría aguantar en cualquier obra de teatro. Mucho. Guille no quería sostenerle la mirada y su cara volvía a mostrar el catálogo de sus clásicas y representativas micromuecas que parecían un acto reflejo, muecas involuntarias. Una casi sonrisa, un pequeño suspirito y las manos frotándose. Suerte que no era Pinocho; si lo fuera, habría salido ardiendo, te lo juro.

Cuando te subes a la montaña rusa, no puedes bajar hasta que acaba. Es de las pocas atracciones en los parques temáticos que no se pueden detener hasta que no finalizan el ciclo. Ana quería finalizar su aventura en busca de su independencia, quería tirar al suelo su renuncia, abrazar al chico y pedirle que la perdonara, que su sitio en la vida era en ese sofá, a su lado, comiendo Gublins y viendo *Community*, pero el orgullo y la incapacidad emocional para dar el volantazo adecuado le frenaron el impulso y se intentó convencer de que las ganas locas que tenía de follarse a ese muchacho, de abrazarle y de darle besos por toda la cara, la polla y la espalda no eran más que un espejismo fruto de la necesidad, del vértigo o del miedo.

—Voy a...

Ana no terminó la frase, no encontró las palabras y decidió finalizarla con estúpidos gestos que indicaban que subiría la escalera.

Marcel Marceau: 1 – Ana Luisa Borés: 0

Después de subir la escalera, notó que le faltaba el aire y te aseguro que nada tenían que ver los catorce peldaños que tan bien conocía. Empezó a moverse de un lado a otro abanicándose con las manos. Quiso sentarse en la cama, pero pensó que si lo hacía, no podría levantarse nunca de allí. Sacó la maleta del canapé y empezó a meter cosas dentro de ella como si fuera un concurso de la tele en el que tienes que coger todas las prendas que puedas en cinco minutos.

—Esto sí, esto también, esto y esto y esto…

Al ver que la maleta no podía cerrarse por mucho que la apretara, se dio cuenta de que no había manera de meter todo eso allí a la fuerza y recordó, fíjate qué tontería, a Pol, el segundo chico con el que tuvo relaciones sexuales. Un chico catalán que le destrozó el corazón y lo otro en el asiento de atrás de un Ford Fiesta. Fiesta, poca; dolor, mucho. Ese chico quería estar dentro de ella sí o sí, y ella le deseaba, pero el cuerpo tiene que estimularse un poco para que las compuertas se abran. Tú no puedes entrar en el centro comercial a toda prisa, tienes que esperar a que las puertas mecánicas te lean, te sientan y entonces, poco a poco, se abren. Pol, el chico catalán, era un ansioso; intentó derribar las puertas y solo derribó las ganas.

Ana apretó la maleta y pensó que lo había hecho todo mal desde el principio, desde que metió ese vestido verde de raso que jamás se pondría. Lo había puesto todo tan mal, anteponiendo lo nuevo y colorido, que lo básico ahora no le cabía, y a la fuerza ni se puede entrar en una chica en el asiento de atrás de un Ford Fiesta, por muy enamorada que esté de ti, ni tampoco se puede cerrar una maleta que no quiere cerrarse.

El crujir de los peldaños de madera avisó a Ana de que Guille estaba subiendo al dormitorio. Ella no se quiso voltear para verle, pero notó cómo se apoyaba en el marco de la puerta y la observaba.

—¿Necesitas ayuda?

—Eh... No, no, ya casi está.

La chica sacó algunas cosas absurdas (como la sudadera de Bob Esponja) que ocupaban tanto espacio y, aunque era de sus favoritas, prefería dejarla ahí que no conseguir cerrar la maleta para irse.

—¿Quieres... hablar o...?

Guille se había armado de valor para soltar esas tres palabras, y Ana flipó al ver que por fin el chico había tenido los cojones necesarios para plantear una conversación.

—No, creo que no —contestó Ana pasando de puntillas por el conflicto, otra vez.

—No sé, es que no te quiero presionar, pero es para poder superarlo, ¿no? Tengo que entenderlo y no entiendo qué ha pasado... ¿Qué ha pasado, Ana?

—Pues que ya está.

Ella quería salir del paso, pero era difícil, porque esa estrenada seguridad de su ex (o lo que quiera Dios que fuera) le daba un aire de lo más... nuevo. Ana tragó saliva pensando en que tenía unas ganas locas de arrodillarse frente a él, mirarlo desde abajo y entregarse en cuerpo y saliva, pero pensó que no se lo podía permitir, que sería raro y oh, Dios, ella no podía dejar de mirar el paquete que se adivinaba a través del pantalón de pijama. ¿Llevaba calzoncillos? (Tenía fijación con esto, cada una con lo suyo). No, no llevaba. Guille se metió las manos en los bolsillos. Ese gesto sencillo también le resultó de lo más viril y sexy, y pensó que o salía de allí corriendo o necesitaría que él entrara en ella y no le parecía apropiado, aunque lo estaba deseando con todas sus fuerzas.

—No me apetece hablar, Guille, no sé cómo explicarlo, no quiero estar aquí y noto que ya está...

—Pero es que eso es muy abstracto, Ana. ¿He hecho algo o...?

Lágrimas. Él, que había aguantado la compostura como un campeón, no pudo frenar más y su niño interior afloró desnudo, un niño que solo quería que lo abrazaran, que le limpiaran las lágrimas, que le sonaran los mocos, que le acariciaran el pelete y que le dijeran que todo iba a ir bien. Su voz se quebró y no, no pudo terminar ni la frase ni la conversación.

Ana hizo de tripas corazón y las ganas de abrazarle fueron su motor para salir a toda prisa de esa casa.

Al llegar al piso de Bea, no se sintió liberada. Al revés, se sintió más pesada, como si hubiera abusado del bufet libre de un restaurante asiático. No uno de esos restaurantes asiáticos guais y modernos que hacen *hot pot*, no, uno de los de antes, de los de pollo con almendras o arroz tres delicias y fritanga. Y ya tumbada en el sofá, revivió la escena que había vivido con Guille con diferentes finales posibles, aunque en su imaginario todos acababan en un polvo salvaje donde él sudaba sobre ella. A Ana le gustaba que él sudara sobre ella.

A muchas personas les gusta recibir los fluidos del otro en el sexo. A ella le gustaba tener a Guille encima (era clásica y un poco vaga) y que él sudara. Igual esto te parecerá una guarrada, pero tienes que imaginar el contexto. Ese chico, de pelo desaliñado, nariz cuadradita, barba y pendiente envistiéndola y cogiéndola con fuerza por la cadera mientras el sudor le goteaba por la cara hasta la punta de esa nariz tan bonita... Pues eso, que a ella le gustaba esa estampa y el sudor de Guille. Lo lamía a veces y se sentía muy guarra; le gustaba sentirse así, desinhibida, con el sabor salado en la boca.

Ana no recordaba la última vez que se había masturbado pensando en Guille. Hacía mucho, mucho tiempo y solo recordaba las veces que lo había hecho delante de él, pero creía que esas no contaban porque sin intimidad y secretismo las pajas no eran pajas, eran otra cosa, eran la parte de un conjunto mayor. Masturbarse es un acto íntimo y solitario, nos han educado de ese modo y hemos aprendido a valorarlo y a disfrutarlo así, en lo oscuro del secreto. Y aunque ella no era muy de tocarse, no pudo evitarlo en ese sofá, con ese recuerdo y con esa invención. Humedeció sus dedos con saliva, los deslizó con cuidado para no mojar la colcha de su amiga y empezó a tocarse pensando en su ex. No imaginó grandes polvos memorables, el calor de su imaginario era suficientemente excitante. Él sin camiseta y sudándole, nada más.

—Amiga, ¿estás bien? —dijo Bea desde la habitación.

Ana se hizo la dormida.

—¿Mmm?

—Que si estás bien. Estás respirando rarísimo —insistió.

Acorralada, Ana alzó la voz y contestó a grito pelado, sinónimo claro del disimulo:

—Pues… Pues porque estoy triste, Bea, porque lo acabo de dejar con mi novio al que quiero y con el que llevaba mil años y no sé, creo que eso me da cierto crédito a respirar como me salga del coño, ¿vale? ¡Duérmete ya!

Bea entendió el disimulo como una invitación inequívoca, se levantó y se sentó en el sofá, a los pies de su amiga.

—¿Quieres hablar?

—No quiero hablar, Bea. Vuelve a la cama, déjame.

La amiga quería ejercer de lo que era, mientras que Ana solo quería acabar lo que había empezado. Quería imaginar el sudor de Guille chorreando sobre sus tetas un poquito más.

—¿Qué te pasa, amiga? Que no estás segura, ¿no? A ver, yo no te he querido decir nada, te he querido dar tu espacio y tu tiempo, pero creo que te has precipitado mucho al dejar a Guille, pero mucho mucho.

—Tal vez, pero ahora quiero apechugar, disfrutar un poco de mi soltería, salir y entrar. Ser yo misma.

—¿Eso qué quiere decir? —preguntó Bea poniendo la mano sobre la pierna de su amiga, algo que hizo desaparecer la incipiente libido de esta y que dio por finiquitada la actividad sexual individual.

—Pues mira, Bea, quiere decir que llevo mucho tiempo con Guille, que nos queremos un montón, pero que querer no es suficiente para mantener una relación, que yo necesito otra cosa, otras cosas y…

—No será por lo del beso, ¿no? Es que, Ana, de verdad…

—¿Qué beso? ¿Qué dices?

—Ana, no te hagas la tonta, el beso. El beso, el morreo que le pegaste a aquel chico en el baño de la fiesta de las mil Britneys. Sé que has pensado en eso porque te conozco y sé que te has torturado, pero bien. Cariño, aquello fue una so-plapollez... No tires por la borda tu relación por no tener huevos de decirle a Guille que besaste a otro.

Ana se quedó sin palabras. Su amiga tenía toda la razón, pero ahora ¿qué podía hacer? Uf, qué pereza le estaba dando todo.

—Puta. —Esa fue su manera de darle la razón a su amiga.

Se levantó del sofá, entró en el baño y se encontró consigo misma nuevamente.

Quiero dejar de sentirme avergonzada de mí misma. Quiero dejar de cuestionarme y, sobre todo, quiero dejar de esperar a que aparezca el caballo blanco alado con sus crines de arcoíris para llevarme al puto mundo de la fantasía. La fantasía solo existe en la paleta de sombras de Too Faced...

Solo besé unos segundos a otro tío. Cuarenta eternos segundos que se convirtieron en una tortura diaria fruto de la educación y de la puta presión social. No quiero decir que odie ser una mujer, porque estaría mintiendo, pero odio que por el hecho de ser una mujer mi vida, mi intimidad, mis recuerdos y mis momentos puedan convertirse en algo de dominio público. No soy una biblioteca. Soy un puto humano. ¿Me equivoqué? Pues ya no puedo defender esa teoría. Ojalá le hubiera dado la importancia que tuvo, una pequeña, una sencilla, un cóctel rico que te tomas y del que se te queda el sabor por un par de minutos y ya...

41

Pequeñas

Cuando Ana y Diana se conocieron en aquel campamento, se dieron cuenta de que tenían mucho más que tres letras en común. Como mínimo en lo que a gustos se refiere. A ver…, Diana era de Kevin y Ana, de Nick, algo que las unía como fans pero que no las hacía rivales, sino aliadas. ¿No trata de eso la amistad? Querer lo mismo, aunque con intereses opuestos. Cuando Ana y Diana se miraban en aquel campamento después de que las separasen por chismosas, empezaban a reír, como si fueran capaces de hablar por telepatía. A ver…, que ellas pensaban que eran telépatas, porque era la única manera de explicar esa capacidad de estar en sintonía pasara lo que pasara. Les dio muy fuerte con *Jóvenes y brujas* y se sentían capaces de hacer hechizos, aunque para lo de ligera como una pluma necesitaban más manos… Sorprendía su diferencia de edad. Diana era un poco más mayor, pero el haber sido rechazada siempre porque sus compañeros y compañeras no la entendían la empujó a relacionarse con quien estuviera disponible. El niño de intercambio que no hablaba ni papa de español, por ejemplo, o Ana, una pizpireta niña menudita, cuatro años menor, pero que parecía confeccionada con la misma plantilla que ella.

Sí, eran iguales, pero hacían pipí en baños diferentes, porque Diana no era leída como la mejor amiga de Ana, era leída como muchas otras cosas que son bastante desagradables y que no hace falta que ahora escriba, porque expondría a la tortura del recuerdo a aquella pequeña niña que lloraba en soledad. Ya te lo imaginas, no hace falta. Ella no se lo merece.

No siempre podían estar juntas, pero encontraron la manera de ir siempre de la mano en sus vivencias, aunque fuera a modo de carta, email, mensaje o envío masivo de memes. Siempre habían estado la una para la otra, eso sí, a la hora de la verdad, eran más reservadas que la madre que las parió (a cada una la suya, claro).

Siempre habían llevado caminos paralelos. A veces, a conciencia, se habían empeñado. Esa cosa mágica de la amistad de querer celebrar las mismas cosas y, en ese momento, sin ser conscientes se encontraban en momentos paralelos. En ese momento estaban transitando por cosas parecidas sin saberlo.

Ana, Guille/Germán.

Diana, Tito/Javi.

Diana estaba siguiendo lo establecido, lo que ella había proyectado de lo que sería su vida cuando llegara a los cuarenta. Ana había peleado por no convertirse en un estereotipo, y su lucha consigo misma la había llevado a un punto de partida en el que solo le quedaba una opción: ser sincera. Mirar lo que había en el reflejo y abrazarlo.

Cuando Diana cruzó el atelier de Victoria Salas para subir a la tarima y mostrarle a su amiga el vestido, sintió que un *check* se hacía en su libreta imaginaria. Era el vestido más bonito del mundo, el de su mundo, sí. Era un vestido personal pero romántico, con encaje y pequeños detalles por todo el cuerpo que se abría a partir de la cintura como una flor invertida. Sí, era una puta princesa, la tía, y sonreía. Puedes decirlo, no pasa nada. Ella estaba más feliz por vestirse de novia que por casarse, aunque esto no lo sabía, entre otras cosas porque había dejado de ir a la psicóloga años antes en un arrebato en el que creyó que podía resolverlo todo sola. Diana era resolutiva, organizadora y le gustaba que todo fuera perfecto, pero resolver tus conflictos o ahondar en ellos no es como conseguir una mesa en el restaurante de moda, no.

Cuando Ana y Diana se miraron, sobraron las palabras. Sonrisas incontrolables, ojos encharcaditos. Ana se llevó la mano a la boca como si no pudiera dar crédito a lo radiante que estaba su amiga frente a ella. Es que estaba guapísima. Diana apartó la vista un momento mirando al suelo.

—¿Qué te pasa? —dijo Ana—. Estás... espectacular. ¿Verdad? —preguntó a la diseñadora, incluyéndola en la conversación como lanzando un trozo de cuerda para que no se hundieran ni la una ni la otra.

—¡Está guapísima! Que no está acabado, falta apañarle el bajo, pero...

Victoria, la diseñadora, aireó la falda para darle vuelo mientras Diana alzó la mirada y lo que era un charco dio paso a la inundación.

—Llevo vestidas a tantas novias y todas lloráis. ¿Por qué? Pues, chica, cada una tiene lo suyo...

La diseñadora movió un gran espejo con ruedas frente a la futura novia y le susurró:

—Estás guapísima, hija.

Diana se miró y asintió suavemente, no quería parecer una maldita creída ni mostrar que se veía espectacular. Dicen que cuando te llega la hora de morir, te pasan cientos de imágenes de tu vida por delante, pero ella, que era resiliencia pura, había notado morirse tantas veces en su corazón que fue entonces, al verse vestida de blanco, cuando empezó la película de su recorrido como un flash, un microsegundo de fogonazos de fuegos artificiales. Se recordó a sí misma con un vestido de su madre, bien pequeña. Se visualizó escondida debajo de su cama mientras su padre pegaba a su madre. Corriendo bajo la lluvia, huyendo, su primer beso, una mañana en la que sintió paz, una coreografía de las Spice, un Colajet al sol y un montón de momentos en los que se sintió hundida, usada, triste o con ganas de lanzarse al vacío. Vio el mar, la sirenita… y volvió a verse llorando una vez tras otra. Apretó los ojos con fuerza, buscando recuerdos bonitos o, como mínimo, en los que estuviera sonriendo de un modo real, no siendo *polite* y ya está… Sí, seguramente los hubo, pero quedaron enterrados bajo un montón de paladas de los otros recuerdos, los feos, los grises o los de desconsuelo. Los de las putas piedras en su camino.

Era obvio que, aunque le hacía muy feliz estar en Almería con su amiga, echaba de menos a su madre. ¿Por qué si no tenían relación? Cierto era que si su madre la viera vestida como una auténtica novia sureña, habría colapsado o le habría lanzado un bote de pintura roja estropeando el momento, pero Diana estaba construyendo su cuento perfecto, su relato soñado y necesitaba esa figura ahí y como no la tenía, sintió que no tenía nada. Tenía mucho. El respeto de la gente, un trabajo en condiciones, salud (que parece que no, pero es importante), una amiga llorando frente a ella que se había pegado un panzón de tren para acompañarla y verla vestida de blanco, un novio que la aceptaba, unas piernas largas y el don de la elocuencia. Pero se sentía vacía y que no tenía nada. Porque en los momentos a los que otorgamos la importancia, la tengan o no, es cuando nos volvemos vulnerables.

Diana tuvo una figura materna. No era su madre, pero cuando se fue de casa, antes de ser ella misma frente a los demás, alquiló un piso chiquitín sin ventanas, solo con una pequeña claraboya en el techo, y allí conoció a Puri, una trabajadora, madre de tres hijos que sacó sus vidas adelante regalando la suya para que no les faltara de nada y que, aun estando cansada y destruida por la tristeza de un pasado oscuro y por pasar mil horas limpiando, tuvo el tiempo y la bondad para acoger a Diana como una más de la familia. Cuando los hijos crecieron, le compraron una casa en el campo, que había sido el sueño de aquella entrañable señora, y perdieron el contacto, pero sabía que por fin era feliz cuidando de un puñado de gallinas y recogiendo tomates y flores de calabacín.

Diana pensó en ella y en lo mucho que le hubiera gustado que estuviera ahí, pero la imaginó disfrutando emocionada de la imagen de esa princesa de metro ochenta que hacía lo que se suponía que tenía que hacer.

PAUSA.

Ella, que quería ser la protagonista, cortó el grifo del dramatismo y dijo:

—¿Me traes un velo?

Victoria asintió y le colocó un precioso velo con el que ya nadie podría dudar que ella era ella y se iba a casar.

—No me mires así, Ana, hazme una foto, ¿para qué has venido si no?

Y se hicieron un puñado de fotos que se perderían años más tarde porque Diana nunca hacía una de esas copias de archivos en la nube.

42

Teatro

¿En qué momento empezó a interesarle? Pero si decía que le daba pereza... Chica, yo qué sé. El puro aburrimiento o la posibilidad.

La entrada a la obra que representaba Germán costaba dieciséis euros, por lo que no se podía considerar una propuesta amateur aunque los actores no dieran pie con bola y la escenografía estuviera (mal) hecha con cajas de cartón. El contenido era lo de menos. Cuando Ana sacó la entrada, sintió lo mismo que se debe sentir al robar en El Corte Inglés y pasar después por el detector. Por muy buena ladrona que seas, siempre se cruza el arco de la alarma con el pavor y el temblor generado por la adrenalina. Ella estaba histérica, le sudaban las manos con las que retorcía el chapucero programa de mano impreso en el papel con el gramaje más pobre y barato de la copistería.

Desde la butaca, y dado que la obra era un batiburrillo de ideas desordenadas sin pies ni cabeza, Ana dejó volar la imaginación… y esa vez no pensó en interminables listas de la compra o en ponerse las pilas para buscar una habitación propia y salir del sofá de su amiga o en cómo sacarle más partido a su ropa con diferentes combinaciones para que pareciera que estrenaba outfits nuevos… No. Esa vez se perdió en un mundo fantástico de escenarios inventados en los que, a través de una pequeña ventanita con forma de corazón, podías ver la idílica vida de ANA siendo la novia de GERMÁN. Si bien a ella el matrimonio le daba urticaria, solo bastaron treinta segundos de monólogos declamados en contra de la guerra para aterrizar en una casa de los años cincuenta en la que él era su esposo y había dejado la tontería del teatro para ser un flamante ejecutivo encorbatado que llegaba a casa con un maletín. Vale, fuera corbata, fuera el asado y las vergüenzas, ¿para qué tener la intro en tu mente si eres la única espectadora? Fuera los clichés y las zonas comunes. En su mente, Ana lo desnudaba y saltaba sobre él, que la cogía al vuelo, entrando dentro de ella. No, la vagina de Ana no era una cerradura fácil; en ocasiones a Guille le costaba atinar, como si fuera un borracho que se equivoca de portal, pero en su fantasía, el pene de Germán estaba imantado al cuerpo de ella, como dos polos opuestos lanzados al aire. Después encima de la lavadora, sí, ella tenía esta fantasía desde que vio a Patrick Wilson y Kate Winslet en *Little Children* (si no la has visto te la recomiendo), y luego pasaban a la cama, sudados, fogosos y eternos en un mundo imaginario donde no existe el tiempo y BOOM, una de las actrices, que ya estaban en cueros, disparó una pistola con balas de fogueo, que fue lo único real que sintieron los espectadores, un susto. El estruendo hizo que Ana aterrizara en lo más profundo del teatro alternativo e intentó encajar las piezas de la estampa que tenía delante. Germán en el suelo envuelto en plásticos y una chica desnuda empuñando una pistola con palabras escritas por todo el cuerpo, como una pobre imitación de Femen. Las carencias interpretativas de Germán, lejos de bajar la libido de la chica, la subieron, porque le pareció un chico perdido y descarriado, un niño al que cuidar, alguien que necesitaba ayuda rápidamente. Lo imaginó como si fuera la cerillera en un callejón en pleno invierno y se rio a destiempo, algo que no pasaron por alto los ocho espectadores de la sala ni el objeto de su deseo. Germán, que no era el actor más experimentado, apartó la mirada de su compañera para pasar por encima de Ana una microcentésima de segundo, pero lo suficiente para que la protagonista se diera cuenta de qué había pasado y como si eso fuera un contrato no verbal, ella sintió que estaba comprometida a esperarse a la salida del teatro y así lo hizo. Qué fuerte, la tía.

Con todo el mal gusto que le dejó en la boca la pésima obra, Ana se esperó en la entrada del espacio convertido en teatro. Estaba nerviosísima. Era obvio que él la había visto, y esto es lo que hacen las personas cuando van a ver a un amigo al teatro, esperar en la puerta e incluso tomarse una cerveza. AY, DIOS MÍO. ¿Qué pensaba decirle? Y lo que era más importante: ¿cómo iba a reaccionar el muchacho? Podría sentirse acosado. Ella recordó que una vez en Telecinco hablaron de que a una actriz jovencita que interpretaba a una enfermera en *Hospital Central* la esperaron a la salida de un teatro para dispararle una flecha con una ballesta. Muy medieval todo. ¿Se sentiría así Germán? ¿La consideraría una fan loca e inestable? Esperaba que no… Ana se creía con el derecho, después de la patochada que había visto, de que nadie pudiera calificarla de loca por haber ido sola al teatro. Pero ¿qué le iba a decir? Podía mentirle y explicarle que había sido una mera casualidad, que había leído maravillosas críticas de la obra y que no quería perderse el evento teatral del año. No colaba eso ni de coña.

Recién duchado, con el pelo mojado y la intensidad tatuada en su expresión, apareció Germán. Y se encontraron frente a frente POR PRIMERA VEZ después de haber estado juntos en un baño en la fiesta de las mil Britneys varios meses atrás.

Ana levantó los hombros en un extraño saludo, apretando una forzada sonrisa que intentaba evocar a Zooey Deschanel en cualquiera de sus personajes de *pixie girl*.

—Hola. Guau... Menudo obrón. Ha sido..., buf. Todavía estoy emocionada. Dos horas y media, ¿no? Pues no se me ha hecho nada larga... Menudo aguante tenéis. Qué emocionante. Qué emocionante... Buf...

—Muchísimas gracias —contestó él, que creyó cada una de las palabras de Ana como si fueran reales.

Movida por su falsa emoción, Ana abrazó a Germán. Un abrazo apretado e intenso, como si no quisiera que el chico pudiera escapar. Fueron pocos segundos, pero su oreja pudo rozar el pelo húmedo de él y su olor a desodorante y a calor la llevaron de nuevo a aquel baño en el que se besaron.

—No te esperabas que viniera, ¿verdad? Yo tampoco. Ha sido como un impulso. Pasé por aquí y dije: «Sí, si no apoyamos la cultura...». Antes de que Ana pudiera terminar de argumentar su tópico, una chica agarró del brazo a Germán y le susurró algo que Ana no pudo entender. El chico asintió y volvió a la conversación con Ana, que se tornaba más incómoda a cada segundo.

—Nos vamos la compañía a celebrar... Estamos muy contentos con la función de hoy.

—Uf, normal, es para estarlo… Muy guay.

Ambos asintieron durante un instante en el que el silencio se adueñó de la situación y Ana empezó a sentirse como si fuera la fan loca/acosadora que había imaginado minutos atrás. Era obvio que él no tenía ni pajolera idea de quién era ella.

—¿Cómo te llamas?

Ana no pudo contestar. La boca dejó de funcionarle y la psicomotricidad la abandonó por completo, enrareciendo más si cabe la escena. Gestos, muecas raras, pero ni rastro de las palabras.

—Bueno, gracias por venir, me alegro de que te haya gustado.

Él se separó de ella y caminó a la puerta, pero antes de salir se giró con cara de circunstancia para dirigirse a Ana una vez más.

—Oye.

—¿Sí? —contestó ella casi por impulso, como si su cerebro fuera totalmente en piloto automático.

—Me da un poco de corte decirte esto, pero… Recomiéndanos en Insta o, bueno… Supongo que tú debes ser de Facebook, ¿no? Donde sea, pero recomiéndanos, por favor.

—Eso está hecho.

Ana levantó el pulgar y se sintió vieja. Muy vieja. ¿Facebook? ¿Tenía cara de vieja de Facebook? Guau… Qué dolor más extremo. Clavada en el suelo y aún con el pulgar levantado, se quedó sola en el *hall* del casi teatro. Respiró, con dificultad pero respiró. Entró en el baño, se amorró al grifo y bebió como si hubiera corrido una larga maratón. Bendita agua de Madrid.

Él no la recordaba. Germán no la recordaba. Si hubiera

llevado la calva que lució aquella noche… No, tampoco la hubiera recordado. Ana se sentó en la taza del váter y cayó en que todo tenía su lógica. Ella había pensado tanto en él que podía considerarlo parte directa de su historia. Había pensado en él y, sobre todo, en el beso que se dieron, algo así como tres o cuatro veces al día. En cambio, Germán había seguido con su vida y no le había dado importancia ni al beso ni a la boca ni a la chica en la que se encontraba dicha boca. Sí, él se había ido de la lengua y probablemente lo comentó con un amigo que lo comentó con Chacho, el amigo de Ana, pero luego lo olvidó y entre aquel baño y ese en el que estaba esta chica habrían pasado varios besos y polvos fortuitos que habían hecho que el tío de la serpiente se hubiera olvidado por completo de la muchacha de la calva.

Ana intentó sacudirse la indignidad de encima y salió lo más entera que pudo. Cuando llegó a la calle, corrió casi como si la estuvieran persiguiendo. Fue la única manera de dejar sus pensamientos en *stand by* y poder descansar por un ratito de sí misma.

43

Lo de la app

Aburrida, desconcertada y cada vez más incrustada en el sofá de Bea, Ana Luisa Borés decidió bajarse una app para ligar. Pasó toda la tarde haciéndose fotos, retocándolas y eligiéndolas, pero ninguna terminaba de convencerla. *Demasiado guapa, en esta parezco un orco, demasiada teta, demasiado monja.* Fea, fea. FEA. Tiró el teléfono sobre la mesa con un desprecio inquietantemente orgánico, comió tres o cuatro pepinillos y volvió a intentarlo. Varias horas decidiendo, ya no solo las fotos, sino también los intereses. Lo de poner una descripción ya le pareció nivel avanzado y pensó que si ponía una foto en la que se la viera bien, sexy pero lista, ingenua pero guapa, así como natural, ya estaría todo hecho. Y antes de darse cuenta, ya tenía un perfil hecho. Ana L / 34 años.

Sabes que esa app es como el intercambio de cromos de cuando éramos pequeñas. Sile, nole, tengui, falti... Un rollo. Ella no quería perder el tiempo, así que decidió pagar para hacer unas buenas trampas, que le encantaban, y averiguar a qué chicos gustaba para poder crear un *match* directo sin perder el tiempo jugando a la ruleta de la suerte. Fue desolador, porque al principio ninguno mordió el anzuelo. La foto que había tardado tanto en elegir no estaba surtiendo ningún tipo de efecto, pero al rato ya había una cola de cientos de muchachos con el teléfono (y algunos con el pene) en la mano llamando a su puerta virtual. Paseó por sus perfiles como una directora de casting y se sintió tan poderosa que se sirvió una copa del vino tinto que llevaba abierto en la nevera de Bea mucho antes de que ella llegara a instalarse, pero no le pareció tan malo como para no tener su momento de estar en lo más alto en el pódium del éxito. Se gustó. Por primera vez en bastante tiempo, Ana Luisa Borés, borracha de éxito al saber que tenía un público potencial, se gustó y rio como una villana después de moverse arriba y abajo por la cocina de Bea.

Pero la sensación le duró poco, porque a la mínima que empezó a chatear con alguno de los muchachos se sintió perdida, como si no hablara el mismo idioma que todos aquellos tipos que hacían deportes de aventura, que mostraban la foto que se hicieron en un barco (la única vez que pisaron uno) o la ternura de sus mascotas.

No tenía nada que ver con ellos. Nada. No supo hablar, no quiso hablar y pensó que se estaba convirtiendo en una perra.

Me estoy convirtiendo en una perra. Una perra callejera de las que se acercan a cualquier mano buscando algo que llevarse a la boca o simplemente amor.

No quiero.

Se borró la app y perdió los quince euros que había pagado para hacer trampas, pero al menos había sacado una foto muy mona para poder cambiar su foto de perfil de WhatsApp.

44

Una botella de godello de nueve euros

La vida de soltera de Ana era aburrida. Un puñado de promesas que ella misma inventaba y que nunca llegaban a materializarse. Los planes que quería hacer perdían la batalla contra el sofá y lo único que podía asegurar es que la soltería le había traído poca cosa a parte de un par de kilos que, por cierto, no le sentaban nada mal.

El sábado por la noche recibió una nota de audio de Diana.

«Hola, amor. A ver, que Tito tiene un colega que nos ha invitado a una *pool party*, sí, hija, sí, con los días feos que está haciendo, pero bueno, en casa de… De… Ay, ¿cómo se llama? Del director este, de uno de películas españolas. Bueno, que tiene una casa muy bonita y hace una fiesta y nos ha invitado, y como estás tirada ahí todo el día, que me ha dicho Bea que das pena, pues he pensado que era de buena amiga decirte que vinieras y te airearas».

A Ana le daba una pereza extrema relacionarse con humanos. No le apetecía tirar de personaje social, no se sentía preparada y pensaba que su mueca de amargura echaría para atrás a la gente, pero ¿sabes?, tenía un vestido de Asos que no había estrenado porque era demasiado floreado y colorido como para ir a por una ración de Chicken Tenders de Carl's Jr. (era adicta. Le flipaban. Iba y no compraba hamburguesas, solo Chiken Tenders. Sobre gustos... ya se sabe). Así que estrenó la función de WhatsApp de dejar notas de audio con vídeo y contestó a su amiga desde el sofá.

—¿Qué te parece mi pinta? Ya, deplorable. Uy, tengo miel y mostaza en la boca, qué guarra. Estoy guarra, Diana, estoy dejada, pero me gusto así. Cariño, la fiesta me importa una puta mierda, pero está guay salir y así Bea puede ventilar un poco esto... Venga, vale, voy. Iré.

Diana, que la invitó por compromiso y esperaba una rotunda negativa, le confirmó la dirección y la hora.

Al día siguiente, cuando Ana Luisa Borés se plantó a las trece horas como un reloj con su botella de godello de nueve euros y su vestido nuevo de Asos, que era más ligero de lo que recordaba, barajó si dar media vuelta y si lo mejor sería tomarse la botella de vino ella sola, pero ya que estaba allí... Llamó al telefonillo.

—Hola, soy una amiga de...

El pitido de apertura de la puerta del portal cortó la frase de la chica y dejó claro que el interlocutor que estaba al otro lado del telefonillo no tenía ningún interés en conocer la identidad de la muchacha. Ana entró en el portal y pensó que el sofá que había al lado del ascensor tenía pinta de ser infinitamente más cómodo que el de casa de Bea en el que llevaba varias semanas durmiendo.

—Espera.

Alguien gritó. Un chico con el pelo hacia arriba y las manos más grandes que Ana había visto en su vida y que encajaban a la perfección con el resto de sus extremidades tamaño XL detuvo con su voz a la chica para que no subiera en el ascensor sin él.

—Perdona, es que el ascensor es muy bonito, pero es más viejo que la madre que lo parió y tarda la vida en bajar.

—Sin problema.

—Gracias.

Ambos entraron en el ascensor, y a Ana le sorprendió que alguien en el año en el que estaban utilizara todavía Fahrenheit, un perfume de padre que ella pensaba que estaría descatalogado.

—¿Vas a la fiesta? Sí, ¿no? —dijo Mario, que así se llamaba el pedazo de tío.

—Sí, sí.

—¿Eres amiga de…?

—No, no, no… Soy una amiga de la novia, bueno, la prometida de un amigo de un amigo o algo así. No sé qué hago aquí, la verdad.

Ana rio nerviosa.

—Ah. Guay.

Pausa.

El ascensor hacía unos ruidos muy raros. Eran como unos retortijones metálicos y ella pensó que si los ruidos eran retortijones y el ascensor era el sistema digestivo, pues que ella y el chico cachas estaban relegados a ser la caca del edificio. Le pareció una chorrada, pero sonrió apavada y él sonrió como reacción social empática para que ella no pareciera una loca que se ríe sola.

—He traído vino. —Fue lo primero que se le pasó por la cabeza para romper el hielo y no parecer esa clase de loca.

—Genial.

—Es godello. Me gusta el godello —dijo Ana.

—Buf... No entiendo mucho de vinos, seguro que está rico. Yo no he pillado nada, es que acabo de llegar de un viaje de Buenos Aires por curro.

—Hala, qué guay.

Llegaron al octavo. La casa era lo más espectacular que había visto Ana en su vida. Estaba literalmente abrumada por las vistas, por el espacio, por la decoración y por los premios. Y sintió que ella había perdido el tren de la vida. No lo pensó porque en ese momento estuviera viviendo en un puto sofá que le hacía papilla las cervicales, eso era lo de menos, lo pensó, y eso era importante y doloroso, al descubrir que nunca, jamás de los jamases tendría esa casa y, por ende, esa vida. ¿Se entristeció? Mucho. ¿Fingió? Lo que no estaba escrito. El director, al que ella no conocía, la saludó con confianza aun sabiendo que no la había visto en su vida y que podía llevar un martillo en el bolsillo para acabar con él, pero así es la gente de la farándula, vive al límite y entrega la confianza a la primera de cambio.

—He traído un godello —soltó Ana haciéndose la sumiller, un papel que le quedaba grandote, la verdad.

—Ah. Pues déjalo en la nevera con el resto de los vinos. Los camareros aún no han llegado. Así que servíos vosotros mismos.

El director subió la gran escalinata y se perdió entre una de las exageradas habitaciones. Mario y Ana se quedaron solos en ese extraño salón-cocina/paraíso mirándose y levantando los hombros sin saber qué hacer. Menos mal que el chico era menos cortado que ella y se lanzó a la nevera, sí, una de esas enormes con dos puertas que fabrican sus propios hielos. ¡Tap! Descorchó un vino, probablemente uno muy caro.

—¡A tomar por culo!

Él, victorioso, sirvió dos copas.

—Quieres vino, ¿no?

—Sí, sí, gracias.

—A ver, yo soy más de birra, pero como que no pega, ¿no? —sonrió Mario.

Y de la nada empezó a sonar a toda potencia «Nochentera», de Vicco, creando una escena de lo más bizarra. Dos desconocidos bebiendo vino, solos en la cocina de un señor que tenía un Óscar.

—¿Era a la una la convocatoria? —musitó Ana por lo bajo.

—Sí.

—Y ¿por qué no hay nadie, Mario?

—¡Eh! ¿Yo no te parezco nadie? Pues... supongo que porque la gente guay llega tarde porque quiere... No sé... Para llamar la atención y eso... Sí, ¿no?

—Entonces ¿nosotros no somos guais? —le dijo Ana haciéndole pucheros.

—Nosotros somos *educaos*, que es mucho mejor que guais. Nos dicen una hora y pum, llegamos a esa hora... ¡Esta puta canción!

Mario empezó a buscar el equipo de música, pero era una tarea imposible. Ana, que sentía que ya estaba borracha solo con dos sorbos de un vino tirando a secote, se unió al chico y buscaron cual Scooby gang dónde estaba el reproductor.

—Ya, yo también la odio. Es ridícula... Parece que la ha escrito un puto mono...

—No te pases con los monos. —Le sonrió él—. Como no podemos detenerla, tendremos que unirnos.

Mario empezó a bailar como si fuera tonto por todo el espacio, cogió un goya y bailó con él, y a Ana le parecía cada vez más... Cada vez más. Nunca se habría fijado en un chico tan cachas, tan fuerte y tan rudo, pero pensó que era lo más alejado de Guille del mundo y ¿por qué no? Si ella no se había fijado en tíos cachas era por miedo al rechazo o, bueno, simplemente porque no le llamaban. Siempre había pensado que el culto al cuerpo era para chicos que querían enmascarar sus carencias afectivas o de pene, pero carencias. Esa era su teoría, no la mía, ¿vale?

La fiesta siguió casi como si alguien hubiera pulsado el botón de cámara rápida. Un montón de figurantes de la vida entrando y saliendo, bailando y bebiendo alrededor de Mario y Ana, que hablaban sin parar en un sofá que cada vez los hundía más y más hacia sus adentros. La conversación pasó por Mario haciendo un alegato y defendiendo que no todos los policías nacionales eran una panda de fachas, por lo repetitivas que son las aplicaciones de citas y por lo mucho que les gustaba comer a ambos, y cuando hablaron de comida, sacaron toda la carne para ponerla en el asador y que se intuyera que estaban hablando de sexo. No sé, un poco patético, pero la gente cuando bebe vino en casa ajena hace ese tipo de cosas, buscar puntos en común intentando parecer la hostia de sexis.

«Superbién, el chico era... Guau. No es que nunca me hayan gustado los tíos así fuertes y tal, es que siempre he pensado que yo no les gustaría a ellos, por eso no... Por eso los he rechazado en vez de darles la oportunidad, pero con Mario fue genial. En un momento creamos un lenguaje propio. A ver, que eso suena a mucho, que hicimos unas pequeñas bromas internas, ¿vale? Para que lo entiendas. Y nos dio igual el resto de la fiesta. Había canapés, barra libre, camareros que te rellenaban la copa y mucha gente deseando triunfar, mucho actor desesperado y gente que me sonaba de la tele pero que tampoco podía ubicar, y tanto Mario como yo, pues nos vinimos muy bien. Si te digo la verdad, no sé quién le invitó a él ni cómo llegó hasta allí, pero lo agradecí. Ay, Bea, luego llegó Diana y allí todo se fue un poco al garete, porque estaba superdemandante y no se daba cuenta de que me cortaba el rollo con Mario que, a ver, yo tampoco se lo dije, pero se supone que ella es la lista de las tres. Pues poco honor hizo a su etiqueta».

Pero bueno, faltaban varias horas para que Ana le soltara la chapa a su amiga hablando de cómo la hacían sentir los cachas, por el momento ella seguía explorando si era atracción, capricho o entretenimiento. Mario, al ver que Ana pasaba un poco de él, se iba conformando con las miraditas que le echaba la chica desde la otra punta de la sala, pero se cansó de esperar, porque había notado algo por ella y no sabía si era recíproco, aunque era obvio que la muchacha estaba totalmente regalada. Pero el tío salía de una relación larga, algo que no había confesado, y temía que le hicieran daño, así que prefirió quedarse al margen y pensar en lo que pudo ser y nunca fue.

—Oye, que me voy a ir —le soltó Mario sin anestesia ni nada.

—¿Ya? —contestó ella decepcionada.

—Sí, es que...

—Normal, esta fiesta es un muermo, ¿no? Mucho postureo y poca... sustancia —interrumpió Diana, incluyéndose en la conversación como si fuera la protagonista absoluta del evento.

—Vaya... —añadió Ana con una pena más que explícita, algo que Diana no pasó por alto.

Mario se acercó a Ana y con suavidad le cogió la cabeza con un gesto firme, pero nada amenazante, y le plantó un beso en la mejilla. Algo que para otra habría pasado totalmente desapercibido, sin importancia, un saludo más, pero para Ana, que hacía bastante tiempo que no tenía contacto con ningún varón, fue de lo más tierno, sexy y memorable.

A veces no necesitamos más que eso. Una mano sujetándonos la cabeza, un beso en la mejilla con toda la intención. Que sí, follar es genial, pero Ana necesitaba la validación de notarse en el mercado, de sentirse deseada, y los labios de Mario en su mejilla eran el signo de la validación que buscaba.

Piensa que llevaba tropecientos años con Guille, que lo conoció en su mejor momento, según ella, y que desde unos años para acá notaba que había perdido toda la gracia y la frescura, lo que era totalmente falso. Ana tenía mucho más peso ahora y no me refiero a los kilos, que solo había ganado tres o cuatro en esos años. El peso que la convertía en alguien interesante y terrenal, pero ella en el espejo solo veía a una mujer de casi treinta y cinco años desaliñada y echada a perder. Se sentía perdida, sí, por eso era tan importante que un tipo de la altura y el encanto de Mario la hubiera deseado de un modo explícito. Y ¿quedó ahí la cosa? Casi... Él, al marcharse, le hizo unos gestos desde lejos en los que Ana entendió que le decía que a ver si quedaban un día para tomar algo y le pareció bonito, sí, simplemente algo bonito, pero automáticamente le vinieron un montón de claves que imposibilitaban el que se volvieran a encontrar. Ella no sabía ni su apellido, ni dónde trabajaba, ni de quién era amigo, ni cómo podía empezar esa búsqueda. Claro, no iba a preguntar a todos los asistentes de la fiesta, eso le pareció indigno. Así que asumió que en Madrid eso pasa, cruzarte con uno de los hombres de tu vida (Ana siempre pensaba a lo grande) y que se perdiera para siempre en el bullicio de la ciudad. ¿Le importó? No. ¿Por qué? Porque si algo había aprendido es que el mundo estaba lleno de hombres de su vida.

Ana Luisa Borés se fue poco después. La fiesta para ella ya había cumplido su cometido fuera cual fuera. Diana estaba superpesada y no le apetecía entablar una conversación sobre Mercurio retrógrado con unos actores desconocidos, así que se marchó caminando y odió no haber metido los airpods de AliExpress en el bolso, porque era una tarde estupenda para torturarse escuchando un par de canciones tristes de esas que sabía que nunca fallaban. ¿Por qué estaba triste? No lo sabía.

Yo sí. Porque ella seguía queriendo a Guille y le echaba de menos. Si él hubiera ido a la fiesta, ahora pasarían por uno de esos sitios de crepes y se atiborrarían de harinas refinadas, chocolate blanco y helado, llegarían a casa y se quejarían del dolor de barriga y se pondrían el pijama para acomodarse en el sofá y ver una peli mala de miedo, que era sin duda uno de sus *guilty pleasures* de pareja. *Ay, pareja…,* pensó Ana, pero en ese momento ya no la tenía.

45

El amor

Y ¿qué es el amor sino una enfermedad? Un virus que muta de la euforia a la familiaridad en pocos años y ya una decide si quiere volver a vacunarse, curarse, contagiarse, como quien se monta de nuevo en la montaña rusa, o si prefiere seguir explorando el tranquilo camino cogidos de la mano. El amor no tiene un final. O sí, no lo sé. Eso era lo que se preguntaba Ana constantemente.

Lo de Germán le había servido para que pensara en ello y sintiera que era toda una experta del tema. Estaba convencida de que si hubiera estudiado podría haber escrito una tesis sobre el amor y en lo que se transforma.

Lo básico, vamos. Que si te enamoras, que si mariposas, que si fuego y luego cuesta abajo… Pero ella no sabía que no todos los amores son iguales. Algunos empiezan directamente en la calma y el sosiego, y el fuego viene luego. Otros son tan fugaces que cuesta recordarlos, aunque parecían eternos… Pero ella se centraba en el suyo.

Ana se había colado por Guille y le parecía que era el mejor compañero de viaje para empezar la aventura de compartir bien juntitos; se entretenían, se complementaban y se caían bien, que para ella era lo más importante, pero las mariposillas y los fuegos artificiales duraron poco. Ella ahora se quejaba de eso, pero era lo más razonable, y se vivía mucho más tranquila sin la ansiedad que proporciona el amor de las primeras veces... Aunque también es cierto que esa efervescencia hace que nos sintamos vivos y vivas, que le otorguemos la responsabilidad de nuestra existencia y que nos sintamos cursis, ñoñas y apavadas, como en todas las películas en las que nos han metido que el amor existe de verdad.

Ana anhelaba eso, pero te aseguro que cuando se enamoró de Guille o de sus novios anteriores, era de todo menos operativa o capaz de sacar adelante cualquier quehacer diario. El amor lo eclipsaba todo. Dormía mal, estaba nerviosa, comía irregular; eso sí, follaba muchísimo, y supongo que el sexo hace que nos sintamos mejor con nosotras mismas... A ella le pasaba. Las mejillas sonrosadas postcoitales le hacían parecer una de esas heroínas de novela pastoril.

Ana echaba de menos el amor.

Ana se echaba de menos a ella estando enamorada.

Ana se sintió mal por ser tan indulgente consigo misma.

Y ¿qué hizo?

No hizo nada.

46

Ventana cerrada no deja pasar el aire

—Ponte las pilas —le dijo Bea mientras terminaba de fregar unas tazas del desayuno.

—Ah, vale, qué fácil es decirlo —contestó Ana desperezándose e incorporándose en el sofá.

—No, en serio, tía, es que... Yo creo que ya. Ana, estás en un estado como de... Estás en un estado como vegetativo, como en modo pausa y, en serio, a mí no me molesta que tengas ocupado el sofá. Al revés, me gusta que estés aquí. Pero ya. Ponte las pilas.

—Lo sé —contestó Ana desde un desconocido tono calmado.

—¿Sí?

—Sí.

Bea aprovechó la tranquilidad de su amiga para explicarle lo que pensaba realmente, sabiendo que no había pistolas cargadas o que no se pondría a la defensiva. Se sentó a su lado, le puso la mano sobre la rodilla y comenzó su exposición como si la llevara macerada durante varios días en la punta de la lengua.

—Amiguita, yo no te lo digo desde el juicio, en serio, te lo digo desde… Yo qué sé, como una persona objetiva que te ve desde fuera. Estás en *stand by*, como esperando que pase algo.

—¿Tú crees? —preguntó Ana después de una pequeña pausa.

—No lo creo. Lo sé. Tú decidiste dejar a Guille. Pero que estés aquí, que no estés buscando un lugar al que ir, me da a entender que piensas que es una etapa y que vas a volver con él y que simplemente estás esperando a que pase algo. Pero Ana, las cosas no pasan así como así. El destino no va a venir como un repartidor de Uber Eats a la puerta a traerte lo que se te antoja… Y menos si no haces un pedido, ¿entiendes?

—Pero yo no quiero estar con Guille.

—¿Estás segura?

Ana asintió levemente, casi como con vergüenza.

—Pues si estás segura, pasa página, Ana.

—Sí, tienes razón. Supongo que me estaba acomodando en esta sensación rara como de duelo, Bea, pero sé que es algo momentáneo… Me lo quería permitir.

—Y te lo has permitido, así que ahora, si tienes tan claro que no vas a volver con tu ex y que mi sofá no supone calentar el banquillo hasta que tengas que volver al partido, es el momento de ponerte las pilas. De bajarte todas las aplicaciones empezando por la de Idealista y terminando por Bumble, que Tinder no me gusta. Enséñale a la vida que no llevas una luz roja encima y que eres libre.

—Vale.

—Vale. Ana…

—¿Qué?

—¿Acabas de eructar? —preguntó Bea con desaprobación.

—Pensaba que no te darías cuenta. Me sentó fatal el kebab ese de ayer.

Bea golpeó a su amiga en el brazo y se levantó rápidamente, como si le hubiera picado una araña.

—¡TÍA!

—Perdón.

Ambas estallaron en carcajadas y estiraron un eructo silencioso hasta convertirlo en varios chistes tontorrones mañaneros hasta que Ana se recompuso, se secó las lágrimas de la risa, miró a su amiga y le dio las gracias.

—¿Por qué?

—Pues por todo, Bea, gracias así en general.

—OK. Pues de nada.

Un ratito después, mientras Ana se quedaba absorta y empanada sentada en la taza del váter, mirando un punto fijo en la nada tras su segundo o tercer pipí de la mañana, pensó en lo que le había dicho Bea. Tal vez sí que estaba esperando, tal vez sus decisiones eran *fake*, tal vez, y solo tal vez, estaba esperando a que el destino moviera ficha. Pensó en Guille y en si él también estaría sentado en la taza del váter pensando en ella. Pensó en él y se asustó al verse echándole de menos, imaginándole en acciones *random* como esa misma, entrar al baño y encontrárselo en la taza del váter jugando a uno de esos videojuegos para el móvil.

Ana Luisa Borés echaba de menos la cotidianidad.

Un escalofrío le recorrió el cuerpo, erizando los pelitos

mal depilados de sus piernas, y pensó que había corriente en el baño destartalado de su amiga, pero las ventanas estaban cerradas a cal y canto. ¿Por dónde entraba el aire? ¿Puede una ventana cerrada dejar pasar el aire y generar una corriente que le provoque escalofríos? No.

Se frotó el cuerpo intentando entrar en calor, pero era difícil.

Ana hizo lo que cualquier chica hubiera hecho en esa situación (la de notar que echas en falta a tu ex). Escribió un mensaje a Guille, mensaje que borraría varias veces y que nunca enviaría, para acabar bajándose una app de ligues, pasando página drásticamente.

Tiró de la cadena. Siguió sintiendo frío, así que se tapó con una manta. Problema resuelto.

47

Este amor puede contener trazas de relaciones anteriores

Después de chatear por una aplicación de citas durante varios días, Santi se atrevió a proponerle tomar una cerveza a Ana Luisa Borés. Ella accedió.

Ella sabía de él que era ingeniero (aunque tampoco tenía claro qué clase de ingeniero), que le gustaban las primeras películas de Woody Allen, que llevaba un tatuaje tribal espantoso en el omóplato izquierdo como recuerdo de un ataque rebelde a los dieciocho, que podría alimentarse a base de croquetas, que no cometía faltas de ortografía (era de las pocas personas que aún ponían los símbolos de exclamación e interrogación al principio de la frase), que los jueves jugaba al fútbol y que los martes se había apuntado a un taller de pintura, pero se le daba regular, y que lo había dejado con Clara, su novia de toda la vida, unos meses antes de bajarse la app por la que conoció a Ana.

Mientras Ana esperaba en el centro de la plaza de la

Luna, mirando en todas las direcciones como si fuera un faro, luchaba contra una sensación extraña que la quería convencer de que eso estaba mal, de que tener una cita estaba mal. Se había arreglado poco para no darse (ni darle) importancia. Un jersey desbocado que mostraba un hombro y el tirante del sujetador, un vaquero desgastado y esas zapatillas a las que les vendría bien un lavado, pero se había puesto su abrigo verde, y eso subía cualquier look. Estaba mona sin quererlo, sí, pero también estaba nerviosa y un poco asustada. ¿Por qué sentía esa extraña sensación de traición si estaba soltera? Si no tenía novio. Supongo que porque no tener novio no la hacía no tener un compromiso, y ella tenía un compromiso, una cuerda imaginaria que, con futuro o sin él, la unía a Guille. Una cuerda imaginaria, y sabía que tenía que avanzar y pensaba que se enamoraría de otro, pero que ese amor podría contener trazas de amores anteriores, en este caso de un amor anterior.

Vaya, Santi era más alto que en las fotos, pero ella lo reconoció al instante, y con cara de bobo, de adulto que se ve a la legua que no está preparado para las segundas oportunidades. Se acercaron y se dieron dos torpes besos que ellos mismos denunciaron. Caminaron incómodamente juntos porque la calle Corredera Baja de San Pablo parecía más estrecha que nunca, y Ana empezó a agobiarse. Por suerte encontraron un hueco en una de las terrazas de la plaza de San Ildefonso. Santi pidió un vermut; ella, lo mismo para no pensar. Luego vinieron un par de vermuts más y luego unas cervezas mientras compartían un hummus y un bao de algo que parecía panceta. Hablaron de todo un poco, aunque él no era un chico especialmente parlanchín; era más bien calladito, pero poco a poco el alcohol hizo lo suyo y las cosas fluyeron hasta que ambos acabaron sentados en el sofá de él. Silencio incómodo.

—No suelo... No pienses que vienen muchas chicas a casa.

—No lo estaba pensando —dijo ella para que él se tranquilizara—. Bueno, pues... Ya estamos aquí.

—Sí. ¿Quieres... algo? —se apresuró él.

—Eh... No...

Ana negó con la cabeza y se acercó un poco más, apartando un cojín con dibujos de delfines que había entre ellos. Se miraron fijamente. Sí, él mantuvo su mirada escurridiza en la de ella y dieron paso a paso lo que debía estar escrito en el manual imaginario de normas de las primeras citas.

Ana besó a otro. A otro más.

No fue un gran beso, al revés. Fue tal vez de los peores besos que había experimentado la chica. No porque Santi no le pusiera ganas, todo lo contrario, le puso tantas ganas que demasiadas cosas estaban pasando entre esas bocas al mismo tiempo. Labios apretados, lenguas rígidas y duras moviéndose sin intención ni objetivo, exceso de saliva y unos sonidos raros que provenían de lo más profundo del nerviosismo de él, algo así como unos microjadeítos desmotivadores. Pero ella, como si nada de esto fuera importante, tomó las riendas. Tenía tantas ganas de ESTAR, así en mayúsculas, con alguien que no importó que Santi fuera un besador tirando a amateur. La iniciativa no era la cosa favorita de Ana Luisa Borés, pero en ese momento alguien debía tomar el control y no quería perder ni un minuto más. Los morreos fueron calmándose y tornándose más mediocres y sencillos. Mejor. Ana dejó todo el peso de su cuerpo sobre el de él y le pareció notar el palpitar de la erección del chico como si estuviera llamando a la puerta de su intimidad. Pac, pac, pac. Se sentó sobre las piernas de él, sí, como una jinete a punto de empezar el trote, se quitó el jersey desbocado quedándose solo con el sujetador deportivo y, cuando iba a bajar para volver al ataque de unos besos cada vez menos raros, se vio desde fuera, algo que solía hacer demasiado a menudo, y su libido pasó de «Pienso darlo todo con este tío aunque bese mal» a «¿Qué coño estoy haciendo con mi vida?».

Claro, Guille le pasó por la cabeza.

—Me voy a ir —dijo sin bajarse de encima de él.

—Ah. Claro, sí, perdona… Es que estoy un poco desentrenado y soy muy torpe.

—No, no es por eso.

—Pero ¿es por mí? —preguntó Santi mostrándose de lo más vulnerable.

—No… Es que…

Ella no quería hablar del tema, pero el chico le había parecido majo y se forzó a contarle la verdad mientras se ponía de nuevo el jersey.

—Es que me ha pasado por la cabeza mi ex. Nada, una centésima de segundo, pero ha sido suficiente como para cuestionarme no lo que estamos haciendo, sino a mí misma…

Santi resopló por el calentón, se frotó la cara un par de veces y se incorporó sentándose en el borde del sofá.

—Y has pensado que tal vez él esté haciendo lo mismo, ¿verdad?

—Sí. Pero ¿por qué? Me tendría que dar igual, pero me lo he imaginado en otra casa bajo una chica, besándose como yo estaba haciendo contigo, y he sentido un golpe, pero fuerte de verdad, aquí en las... Aquí entre las costillas. No sé... Perdona, Santi.

—¿Perdona? ¿Por qué? Si te soy sincero, yo también estaba pensando en mi ex... Han sido muchos años y notar otro cuerpo, buf, es raro. Te entiendo. ¿Por qué lo dejasteis?

La duda apareció en el rostro de Ana, como si el motivo de la ruptura se hubiera olvidado de camino a ese sofá en el piso de un desconocido.

—No me acuerdo.

—¿Quieres un vaso de agua?

—Por favor.

Santi se levantó, se acomodó el pene metiendo la mano por el bolsillo del pantalón, algo que pareció menos sutil de lo que él creía, y sirvió un vaso de agua advirtiendo que, aunque estaba en una botella, la había rellenado del grifo. Ana cogió el vaso con las dos manos, pareciendo una niña tomándose un colacao, y suspiró expulsando la congoja que sentía por considerarse incapaz de follar con otros chicos.

—No te rayes, Ana.

Ana asintió.

—A mí también me suele pasar eso, pero hoy me sentía bastante cómodo y pensaba que podría, si es que probablemente cinco minutos después lo habría parado yo...

—Lo dices para que no me sienta mal.

—No, mujer, no. A ver, es diferente porque Clara me dejó y eso supongo que hace que lo lleve peor, pero por lo que me has contado fuiste tú la que lo dejó con Guille, ¿no?

—Sí.

—¿Estabas segura?

Ella dejó el vaso en la mesa y se levantó acercándose a él

y buscando su abrigo con los ojos, ya que no recordaba donde lo había dejado.

—Sí, estaba segura, pero ¿y si me equivoqué...?

—Hace invierno, aunque no lo sea. Es más difícil lo de estar solo con este tiempo y estos días tan grisáceos. Es fácil recordar lo bueno y ya está, pero hay que tener un poco de confianza.

—¿En qué? —preguntó ella.

—Pues en la Ana del pasado que pensó que era una buena idea dejar a ese tío.

La Ana del presente asintió.

—¿Quieres ver algo? Creo que me voy a poner *La mosca*, está en Filmin.

—Vale.

Ana volvió al sofá mientras Santi cogía una mantita para que pudieran taparse y vieron *La mosca* acurrucados, fingiendo ser, por una hora y media, lo que jamás serían.

No hizo falta una gran despedida. Ellos lo entendieron todo. Ya en el ascensor, mientras Ana eliminaba la app de citas, pensó por primera vez de un modo sólido y con mucho peso que tal vez su cerebro quería dejar a Guille, pero su corazón, su chocho y su futuro querían volver con él y ¿quién era ella para cuestionar a sus órganos o a sus esperanzas?

48

La boda

Un tiempo después.

¿Cuánto?

Ni lo sé, el suficiente para que a Ana le doliera el cuerpo del incómodo sofá de Bea, para que le latieran las ganas de ser abrazada fuertemente o para que Diana sintiera que la vida se estaba apresurando. Es que así era. Verse vestida de blanco era un explícito sinónimo de velocidad.

No hay nada más doloroso cuando llevas el vestido más bonito del mundo que tras de ti, en el reflejo del espejo, no esté tu madre. O eso es lo que pensaba Diana en ese instante. Hay madres buenas y madres peores, pero la de Diana era una madre necesaria, a la que se le necesitaba en ese momento, sobre todo para romper su ausencia, porque nunca había estado. Le hubiera gustado consolarse en el hombro de su padre, alguien que siempre siguió llamándola en masculino pero que la aceptó a su manera. No podía, había fallecido años atrás, ni recordaba cuántos años, porque en su nueva vida, cuando se expresó frente al mundo como un regalo de honestidad hacia el universo, el tiempo pasado desapareció más rápido porque aquella chica no era ella. Ella era esa. La del precioso vestido blanco, la que apretaba con sus dedos índices los lagrimales para evitar el caos y la cascada oscura de una máscara de pestañas que no era tan *waterproof* como le habían hecho creer a la novia. Tenía que haber utilizado el suyo propio que sabía que nunca fallaba. Ya pensó en su madre durante la prueba del vestido y era obvio, aunque fuera a modo de ausencia, que también estaría presente en ese instante, el de la novia.

La novia.

Ella.

La chica del vestido bonito.

Esas cosas sencillas, esas frases tan obvias eran lo que le servía a Diana para dar pasitos hacia la puerta de la salita en la que se había refugiado. Antes de llegar al pomo tuvo que sentarse para tomar aliento y notó que el corsé le apretaba más que nunca, como si estuviera lleno de restos de etiquetas cortadas, como si estuviera cosido sobre su piel. Le apretaba tanto el vestido como la mera existencia.

No se quería casar con Tito, pero casarse simbolizaba el todo para ella, la aceptación extrema y real y ser por fin una más, una más que pasa desapercibida y a la que no se le privan las cosas básicas de la vida. Esto ella no se lo planteaba de este modo. Ella creía que quería casarse y ya. Tenía dudas, pero no podía abrazar la idea de no querer a Tito. ¿Tito era perfecto? No. ¿Estaba enamorada fuertemente de otro? Tal vez. Pero eso ahora ya no tenía ningún valor y ninguna relevancia. Lo importante es que si hubiera tenido padres que hubieran entrado a impedir esa boda, ella se hubiera escondido bajo sus faldas y habría salido por patas, pero como no los tenía no experimentaba la sensación de pertenencia y tenía que seguir adelante con lo que estaba escrito y pactado. Tenía amigas, eso sí, pero las había echado un rato antes y les había prohibido el acceso en uno de sus ramalazos de mujer independiente y empoderada, palabra que por cierto no le gustaba un pelo. Decía que quería estar sola antes de dar su gran paso. Era mentira. ¿Quién quiere estar sola antes de casarse? Alguien que notaba que había estado sola todo el tiempo. Se iba a casar. Pero no podía salir de esa habitación. El corazón le iba a mil. El vestido le apretaba más y más y le faltaba el aire. Cada vez que encontraba las fuerzas para acercarse a la puerta, encontraba también una excusa para dar marcha atrás, para no coger el pomo, para sentarse o para tumbarse aun arriesgando a que el impoluto vestido blanco se tornara en el impoluto vestido blanco con pelusas y trocitos negros, como en aquella canción de Alanis Morissette, pero es que solo tumbada en el suelo podía sentir que respiraba con normalidad.

¿Daba mala suerte que el novio viera a la novia antes de casarse? No creo. Lo que podía dar mala suerte era que la novia literalmente no apareciera y por eso el novio tuvo que salir en su búsqueda. Lo fácil hubiera sido pensar, al verla en el suelo, que le había dado un vahído o una de esas bajadas de azúcar que se curan a base de Aquarius o Sugus, pero no, él entendió que ella estaba aterrada.

—¿Qué te pasa?

Sí, él pronunció solo tres palabras, no era un muchacho muy elocuente. Diana se incorporó en el suelo y parecía más una imagen pastoril, un personaje de Jane Austen a punto de empezar un picnic en el campo, que una novia feliz frente a su boda inminente. Estaba abrumada, desconcertada, un poco triste y un poco pletórica también, y él leyó el miedo en su rostro.

—Yo también tengo miedo, pero creo que esto es lo que tengo que hacer, lo que quiero.

Ella pensó en soltarle lo de Javi y muchas otras cosas, pero su naturaleza femenina y su programación hizo que se quitara hierro a sí misma y que fingiera con una de esas sonrisas que le hacían achicar los ojos para transmitirle a él templanza y tranquilidad y que no cundiera el pánico.

—Tito, ya está. Sabía que esto sería así, que mi boda sería así. Creía que quería estar sola, uno de esos momentos para estar conmigo misma como adulta, sin ser social, pero en el fondo… Al verme sola, aunque haya sido por elección, me he venido abajo. Perdona por esconderme.

—No estás sola —respondió él.

—Un poco sí, pero no pasa nada. Siempre he estado sola y he llegado hasta aquí.

—Y mira lo guapa que eres.

¿Lo guapa? Ains… Diana entendió que él dijo eso para apoyarla y no lo culpó por decir semejante tontería. Lo excusó pensando que ella estaba programada para disimular sus penas y él, para salir airoso de los problemas con las chicas haciendo alusión a la belleza física, así que entre líneas ella metió un montón de palabras que él no había dicho, pero que a ella le hubiera gustado escuchar.

Como Aladdín, Tito le tendió la mano y ella recordó el mismo gesto que le hizo Javi en el hotel. La tomó y se levantó, se dio unos últimos retoques, cogió todo el aire que pudo, como si fuera a sumergirse en una prueba de apnea, y salió. Tito le dio un beso en la mejilla y se adelantó. Sería raro que llegaran juntos al altar que una carísima empresa había montado con las flores rosas y blancas que Diana quería. Así que caminó sola por el largo pasillo pasando del sol a la sombra que proporcionaban los arcos de las ventanas.

Ana Luisa la esperaba al final. Las dos amigas se abrazaron fuertemente.

—No me digas que estoy guapa porque ya lo sé. Es lo único que tengo claro en este momento, coño.

Ambas rieron nerviosas.

—Estaba pensando que como no tienes mucha familia y tal, que igual te apetecía que yo, que soy la familia que has elegido, te lleve al altar.

—No. Gracias, pero no. Quiero hacerlo sola. Todo lo he hecho sola, Ana. Y a veces me ha dado pena y a veces me he sentido desdichada, pero soy quien soy gracias a que me he apoyado en mí misma, a que he creído en mí. Si entrara enganchada de tu brazo o del de otra persona, sería como si necesitara el apoyo de los demás… Y lo necesito, te necesito, pero he llegado sola aquí y quiero entrar sola. No necesito que nadie me acompañe a ningún sitio.

—Pues ole tu coño.

—Sí, ole mi coño. Gracias por estar.

Con esto último, Diana se lanzó a los brazos de su amiga.

—El pelo, puta, si me despeinas te mato —dijo Diana apartándose de Ana sin ningún tipo de miramiento—. Ale, venga, tira para tu silla, que no quiero que se vean huecos en las fotos. En ese momento el tiempo se detuvo por un instante entre ambas, y Ana Luisa sonrió, asintiendo, orgullosa de aquella niña diferente a las demás que había conocido en un estúpido campamento religioso, con la que había compartido cartas, chupitos y confidencias, y se emocionó al ver que se había convertido en una mujer empoderada, hecha y derecha, e iba a conseguir lo que más ilusión le hacía, algo tan efímero e irreal como la validación externa. Pero cada una puede soñar con lo que quiera y ¿quiénes somos nosotras para juzgarla?

49

Cuando llega el calor, los chicos se enamoran

La lista musical de la boda de Diana era… Uf, creo que puedo decirlo. La lista musical de la boda de Diana era una mierda. Un truño. Si alguien había cobrado por pinchar esos temas, deberían imponerle la pena de muerte y condenarlo sin pensar, porque reconozcámoslo, darle al *play* al Caribe Mix 2003 no te convierte en un puto DJ.

Todas las dudas que había tenido Diana sobre el amor, sobre si estaba haciendo lo correcto, o incluso su propia sensación de extraña soledad, todas esas cosas se desvanecieron, aunque fuera por un ratito, cuando se dio el pistoletazo de salida a la barra libre. Fue maravilloso verla desenfadada rompiendo su pose de chica formal, divirtiéndose con Tito y sin vergüenza alguna al emular los pasos de Melody cuando sonó «El baile del gorila». Nada le importaba más en ese momento que ser ella misma y darlo todo, como quien baila encerrada en la privacidad de una habitación infantil. Una vez ya casada, sus miedos quedaron en un segundo plano.

Llevaba una alianza y eso la convertía por primera vez en la protagonista de la película con la que había fantaseado de niña. Miró a su suegra, que disimulaba la cara de horror al ver a su reciente nuera, vodka con naranja en mano, levantarse la falda para hacer los famosos «uh, uh, uh» que hacen los gorilas. En uno de esos «uh» sus miradas se encontraron y Diana sonrió con los ojos clavados en la madre de su novio y telepáticamente le gritó:

—No soy la mujer perfecta, no soy la nuera que esperabas, pero soy la que te ha tocado, así que jódete. JÓ-DE-TE.

No, la suegra no recibió el mensaje. Si las miradas tuvieran dedos, los de la de Diana se convertirían en una peineta, claramente. No a la suegra, sino a todos los «NO» que había recibido por el camino, a todos los taxistas que le habían hablado en masculino o los camareros que la miraron por encima del hombro como si no fuera suficientemente válida para existir; una peineta imaginaria que escondía la rabia de quien tiene que triunfar dos veces para que cuente como una.

Era erróneo buscar la validación personal e individual en un acto tan cuestionable como una boda, y más cuando la chica tenía tantos asuntos pendientes por resolver con ella misma, pero en ese momento sintió que pertenecía al engranaje de la normalidad, y eso le dio la paz suficiente para desatarse frente al resto, y tras «El baile del gorila» llegó «Dime», de Beth, y sus caderas se descontrolaron victoriosas y sexis cruzando la pista de baile para pedir otra copa.

Sí, la barra y ella, por lo menos ese día, lo tenían todo en común.

Y esa boda con peinetas imaginarias, un batiburrillo musical regulero y trescientas copas inevitables, sí, esa boda de abrazos, de berridos y besos, esa, esa boda fue la que vivió Diana. La de Ana… Bueno, no es lo mismo ser la maldita novia en un bodorrio elegante-cañí que una invitada, una especial, sí, pero una invitada.

Ana había dormido mal, pensaba que estaba incubando la COVID tardía, pero pensó que eso estaba demasiado pasado de moda como para que apareciera mágicamente la noche antes del evento. Amaneció sana, pero nerviosa, y desayunó una bolsa entera de Kinder Schoko-Bons blancos, algo de lo que se arrepentiría todo el día, pero es que estaba ansiosa y muchas veces ella confundía la ansiedad con la necesidad de comer chocolate, llámalo desajuste o llámalo cliché.

¿Sabes ese día en el que tu pelo, sin habértelo lavado, está perfecto, maravilloso y te sientes bien contigo misma, incluso guapa? A ella le hubiera gustado tener uno de esos días, pero no. El vestido que había pillado por internet y que llegó la noche anterior fue decepcionante.

—¿Ese es el vestido, Ana? Buf… No se parece en nada al de las fotos, devuélvelo, menuda estafa.

—No puedo devolverlo, no tengo otro, Bea.

—Ponte algo mío.

—Es que no…

—¿Qué pasa? ¿No te gusta mi ropa?

Ana no contestó y su silencio fue la respuesta. Pero, lejos de ofenderse, Bea salió del salón tan tranquila, dejando que su amiga se lanzara por el precipicio de la incertidumbre estilística. Descartó el vestido y, después de darle muchas vueltas a las prendas que tan bien conocía, volvió a coger el extraño vestido verde irregular de tejido barato, le dio un planchado, le colocó un cinturón dorado y, chica, estaba casi bien si lo mirabas de lejos. No tenía tiempo de más. Se maquilló y ambas salieron corriendo. El sonido de sus tacones despertó a todos los vecinos. Uno de ellos gritó alto y claro desde la cama:

—¿Qué mierda es eso? ¡Putas castañuelas infernales!

Ana rio por el comentario y notó que dejaba en casa de Bea el mal fario, como si con la risa hubiera reseteado su día.

Cuando Ana vio en la mesa del restaurante que el nombre de Guille estaba a su lado, pensó en varias opciones. La primera, la fácil y probablemente la cierta, fue que los nombres estaban puestos desde antes de la ruptura y que Diana, totalmente estresada con los preparativos de la boda, no lo cambió porque ni supo dónde colocarlo ni se vio con ánimo de volver a hacer el encaje de bolillos que era sentar a doscientos invitados (casi todos de la parte del novio). Ojo, que también existía la posibilidad de que Guille no se dignara a aparecer. ¿A santo de qué iba a aparecer en una boda que no le interesaba lo más mínimo si ya no tenía que seguir las indicaciones de su chica? ¿Crees que algún tío cishetero disfruta encorbatado en un evento así? Yo creo que no, pero son cosas que hay que hacer cuando se tiene novia… Sin embargo, al no tenerla, Ana pensó que él preferiría jugar al *Call Of Duty* y atiborrarse de Risketos en vez de estar ahí pasando un mal trago escuchando la pésima selección musical de su amiga o del DJ en el que había confiado.

Esa opción no fue la correcta.

Guille se saltó la ceremonia, sí, pero se presentó al banquete. Llegó con la corbata tirando a sueltita y una americana azul que Ana no recordaba y que le hacía parecer un trasnochado vendedor de Tecnocasa que había heredado el traje de un hermano mayor. Estaba guapo. Es que Guille pertenecía a ese selecto grupo de chicos que nada tenían que ver con una ensalada; cuanto más desaliñados, mejor. Barbita rasposa = Mejor. Pelo despeinadete que pide a gritos un buen corte = Mejor. Corbata suelta = Mejor. Ojo, que era un chico limpio, pero de estética desordenada. De pronto, Ana notó como si se hubiera comido un puñado de pastillas efervescentes y estuvieran haciéndole cosquillas en la boca de su estómago (y más abajo también) con miles y miles de burbujitas gaseosas. Estaba sorprendida, desconcertada, e intentó acomodarse el espantoso vestido de tejido barato como un acto reflejo. Intentó mirar hacia otro lado, fingiendo que era partícipe de una conversación de lo más interesante con un par de primas de Tito, pero no funcionó, ya que fue incluida en el grupito y quedó de lo más raro, así que se lanzó al vacío de la pausa dramática entre ambos.

El chico con el que había convivido tantos años, con el que había follado tantas veces, al que había visto llorar y peerse en millones de ocasiones, aquel que dormía con la boca abierta pero no roncaba, el que tiró el mando de la *play* al perder un partida, con el que había compartido un sinfín de desayunos y tropecientas series que ambos habían olvidado, él, al que había roto el corazón involuntariamente, se acercó, sonrió y levantó la manita entre infantil y tontito, y Ana notó que estaba perdida, que su corazón empezaba a latir a mil por hora como el día en el que lo conoció. Y lo recordó en aquel concierto de Muse, millones de años atrás, pidiéndole que le pusiera el pendiente y sintió lo mismo pero mejor, porque a la exaltación de lo desconocido, la proyección de lo que podrá ser, se le sumaba el peso de la seguridad que aporta un camino ya recorrido.

Ella cogió aire, como aferrándose a la vida, porque notaba que su mundo se desvanecía, se le humedecieron descontroladamente los ojos y catalogó de vacío inmenso lo que sentía dentro de su cuerpo al notar que el de Guille estaba a cien océanos de distancia aun estando tan cerquita.

Fue solo un segundo, pero ella revivió cada uno de los momentos positivos que había tenido con ese chico desaliñado y se fustigó por haber tomado todas las decisiones incorrectas que rompieron los puentes de su futuro en común. Solo fue un segundo, pero lo exprimió al máximo sintiéndose tonta y equivocada, pensando que tal vez él había rehecho su vida, ese lustre en la piel y ese brillo en los ojos es propio de quien es feliz y se es feliz cuando se ha follado. ¿Quién sería ella? ¿Quién sería la afortunada que estaba ocupando su sitio en la cama, recibiendo las gotas de sudor sobre su cuerpo? Alguien mejor, seguro que alguien más guapa, seguro que alguien que no se presenta en la boda de su mejor amiga con un vestido cutre, seguro que alguien que no salta del barco a la primera de cambio. Un segundo, de verdad, solo fue un segundo, en el que pensó que estaba completamente enamorada de él y que había llevado demasiado lejos un espejismo caprichoso. Algo tan simple como un beso la había llevado a ese lugar, y en ese momento se hubiera cortado una mano y la hubiera lanzado por los aires exponiendo al mundo su locura a cambio de un beso más de ese chico del que sabía su grupo sanguíneo y su número de pie.

—Estás espectacular.

Vaya, otra vez chicos ensalzando la belleza femenina

como principal recurso. Típico. Pero surtió el efecto deseado. Ella se ruborizó y no supo cómo contestar a eso.

Piensa, Ana, piensa.

Pensar, pensó poco, le golpeó el brazo con el puñito cerrado rollo *bro*.

—¡Venga ya! —dijo—. He dormido mal, ayer no me encontraba bien y el vestido, meh.

Él insistió y se sentó en la silla quitándose la americana y remangándose los puños de la camisa.

—¿Todo esto van a sacar? —Se sorprendió mientras analizaba la tarjetita del menú—. Es excesivo, creo —dijo él resoplando como si ya viniera de comerse un cochinillo.

—Qué me vas a contar, que me he comido una bolsa de Schoko-Bons blancos esta mañana.

—¿Entera? —preguntó él.

—¿Lo dudas?

Ambos sonrieron, y era obvio que la complicidad estaba ahí, aunque la hubieran enterrado con tres o cuatro paladas de tierra.

Sí, el menú era excesivo. Las bodas siempre lo son y, al igual que el vino, tienen ese componente tontorrón que hace que la gente se sienta sexy, como le pasó a Ana cuando conoció a Mario en la casa de aquel director, y tal vez fue eso o el empacho y el no tener nada que perder lo que motivó a Guille a acercarse un poco más a Ana para bromearle sobre el tamaño de la pierna del cordero o para mostrar su vergüenza ajena cuando Diana y Tito hicieron una estúpida coreografía delante de todos.

Ana y Guille habían recobrado esa capacidad de hacer que la gente a su alrededor desapareciera. No era un superpoder, activaban un código propio, el de las bromas internas, y la gente solía tirar la toalla e ignorarlos al ser un círculo demasiado personal y cerrado, un círculo que ella admitió como casa o zona de confort.

El olor de Guille despertaba toda la artillería hormonal de Ana cada vez que él se le acercaba para comentarle cualquier tontería. Ese olor nublaba totalmente el recuerdo de los momentos menos positivos por los que habían pasado. Parece mentira que un perfume barato de imitación pudiera ser capaz de alterar a una persona y borrar de un plumazo frases enteras de la memoria de la chica. Pero así fue. Ana ya no recordaba que había dicho que le parecía aburrido o que era inmaduro sin iniciativa, etc., etc., etc. El olor de Guille colocaba a la chica en piloto automático, tanto que simplemente se dejó llevar siguiendo la ruta que marcaban su corazón y su libido.

Tras la tarta, él acabó susurrándole al oído cosas sencillas, cosas difíciles de entender por la mala acústica, pero que la chica supo adivinar como una invitación al pasado y a un tiempo mejor y simplemente aceptó dándole una palmadita en el hombro para acabar dejando su mano apoyada como símbolo de pacto sellado. Cuando acabara el bodorrio, se irían juntos. Eso estaba claro. Ana se quitó su mochila de piedras imaginarias y la dejó en el suelo, disimuló su alivio, eso sí, para no parecer demasiado dependiente, aunque era obvio que lo era.

Ver a Guille tan majo y tan tranquilo y, sobre todo, facilitándole el camino despertó en Ana las ganas de abrir la caja de Pandora y ser honesta y explicarle que si se fue de casa, la culpa solo la tuvo un beso que no supo gestionar. Que aunque no lo reconociera, se sintió sucia y traidora, y que probablemente algo tan banal se le había clavado a fuego en su historia a causa de lo que le habían hecho creer la educación cristiana y los cuentos de princesas. Pensó todo eso, conclusiones a las que llegó comiendo techo en el sofá incómodo de su amiga bisexual. Pensó todo eso, pero no lo dijo. Le dio miedo su propia sinceridad y la consecuencia de esta.

Yo te puedo asegurar que en un universo alternativo, otra Ana diferente, otra, tomó el camino agridulce de la verdad y le explicó a su exnovio que si le había dejado era consecuencia directa de un beso de poco más de cuarenta segundos que creció como una bola de nieve y que explotó en un catálogo de defectos y miedos. En ese mundo alternativo, el Guille paralelo se burlaría de ella sin darle más importancia de la que realmente tiene un beso, la que los dos *besadores* o *besantes* le den, que en ese caso era bastante poca.

Ana, la de aquí, la de esta realidad, no dijo nada. Simplemente lo miró y levantó los hombros como preguntando «¿Y ahora qué?». Él sonrío y la fiesta por fin empezó a serlo.

Hicieron lo típico de las bodas, ya sabes, tirar tres o cuatro copas al suelo, manchar un par de vestidos, vomitar un par de veces, tomar dos chupadas de M, bailar a saco, bailar lento, seguir la conga y anhelar.

Ana anheló todo, pero sobre todo anheló estar en el sofá acurrucada con Guille viendo un *true crime* y compartiendo una milanesa. Qué cosas. Eso sí, bailó enloquecida todos los éxitos del verano del Caribe Mix 2003 y acabó exhausta cual niña pequeña a la que tienen que llevar a casa en brazos. Pero anheló desde la tranquilidad que da el saber que no te vas a ir sola. Como quien bajo la lluvia sabe que podrá darse un baño de agua caliente.

—Yo por mí... Ya estaría.

—¿Nos vamos?

No importa quién dijo qué, lo que importa es que Ana Luisa Borés acabó sentada de nuevo en el asiento de aquel coche escacharrado que conocía tan y tan bien y al que no había vuelto a subirse desde que llevaron a Pistacho al veterinario.

Fue bonito que un conflicto que había dado para tanto monólogo interno se resolviera de un modo tan sumamente sencillo, como si supieran desde el principio que la ruptura era solo momentánea. Tal vez Diana por eso decidió sentarlos juntos, facilitando el camino del destino, o tal vez ellos sabían que Ana necesitaba espacio para echarle de menos o que él necesitaba perderla de vista para valorarla más, para ponerse las pilas.

50

El silencio

El maquillaje de Ana Luisa Borés no había aguantado tan bien como ella imaginaba. Algo se temía y dudaba entre bajar el espejito que había sobre el asiento del copiloto y descubrir si su cara parecía la servilleta manchada de alguien que ha comido un menú de McDonald's o quedarse quieta imaginando que todo seguía en orden. El silencio entre Guille y ella era tirando a incómodo, sorprendente tras la juerga que se habían pegado, pero actuaban como si por primera vez la carabina hubiera desaparecido, como esos adolescentes que delante de todo el mundo solo son ganas, pero cuando se quedan solos siguen siendo niños y no se atreven a dar ningún paso. Sí, era raro, así que la chica decidió bajar el espejo como símbolo de normalidad. En efecto, su cara era un cuadro. La máscara de pestañas se había desprendido a los párpados inferiores creando un dramático efecto de panda deprimido, de payaso triste. El corrector había desaparecido y el pintalabios estaba por zonas como un sarpullido enfermizo. *Parezco alguien a punto de morir*, eso pensó... Pero no le importó. Suspiró. Un suspiro lleno del hartazgo de sí misma. ¿Por qué tenía que machacarse por no estar perfecta si ella misma sabía que era precisamente su imperfección lo que le ayudaba a ser estable y casi feliz?

Cuando se disponía a subir el espejito, volvió a encontrarse con sus ojos y se observó como si hiciera años que no se mirara. Sí que se miraba, pero se veía poco, y lo que vio le pareció desordenado, frágil, pero auténtico. Tal vez si la Ana Luisa de quince añitos cogiera una máquina del tiempo para encontrarse a su ella de treinta y tantos en aquel coche, no le hubiera gustado la imagen o, como mínimo, le hubiera impactado, pero Ana sabía que lo hacía lo mejor que podía, y eso era lo más real y verdadero que podía ofrecerle a aquella niña de quince años que la observaba a través de sus ojos.

—Eres preciosa, sí, se te ha corrido un poco, pero eres preciosa, estás preciosa...

Eso le dijo Guille, como si fuera la primera vez en la vida que le decía un cumplido, como si la confianza entre ellos hubiera desaparecido, creando una nueva primera vez tímida e inesperada. No fue, de nuevo, una falta de recursos de un chico cishetero que a la mínima de cambio alaba el físico de una chica como si ellas solo quisieran escuchar cosas bonitas sobre su cara o sobre su cuerpo. No. A él le parecía que ella era una tía de puta madre y su manera de traducirlo en palabras era esa.

—De verdad.

Guille aprovechó el semáforo en rojo en esa carretera desértica para humedecer con saliva su dedo pulgar e intentar quitar la tristeza de debajo de los ojos de la chica. No lo consiguió. Pero lo volvió a intentar repitiendo la acción y, esa vez, esparció los restos de máscara de pestañas de debajo de los ojos de ella creando un efecto grisáceo, por lo que podría decirse que él quitó la tristeza a medias de la cara de la chica.

—Ya no pareces un panda deprimido.

—No, ahora parezco un panda y ya está. Mucho mejor.

—¿Hay algo más mono que un panda?

Ana Luisa Borés negó con la cabeza y sonrió, miró a Guille y sintió que ese asiento de copiloto en esa tartana era el lugar en el que le apetecía estar. Tal vez se estaba equivocando, tal vez estaba embriagada de él y no quería estar sola ni volver al sofá de Bea ni a las dudas, o tal vez sí estaba enamorada realmente de ese chico. ¿Quién sabe? Ella no tenía la respuesta ni la necesitaba, porque claro que sobrevolaban su cabeza un montón de escenarios posibles donde nada salía bien, donde él seguía siendo él, pero prefirió callar las voces y mirar hacia otro lado, confiando.

Sin darle ninguna importancia al acto, puso su mano sobre la de él, que parecía que la esperaba encima del cambio de marchas. Subió el espejo y dejó la mirada fija en la carretera. Por primera vez en mucho tiempo, estaba tranquila. Merecía(n) el silencio y lo cotidiano de estar juntos en ese coche sin pensar en nada más.

Nada más.

Ana Luisa Borés, poco a poco y sin oponer resistencia, fue cerrando los ojos y quedándose dormida.

Agradecimientos

Gracias a todos los chicos que, sabiéndolo o no, pulsaron en mí la tecla de la ñoñería.

Al Willy de mis catorce, que sin esfuerzo se apropió de la parcela más importante sobre la que edifiqué una casita preciosa y por la que paso a veces para saludar, solo para saludar, imaginando que soy la adolescente que nunca pude ser.

A Kenneth Branagh, a Paul Rudd y a Ángel, sí, sobre todo a Ángel de *Buffy Cazavampiros*. A aquel Sergio al que le escribí un diario secreto. A Jordi, que me acompañó de la mano a ser yo misma. A Juan, que siempre estuvo (y siempre estará), y a Chema, el primero de mis primeras veces, que me dejó la huella que deja un corazón en 3D.

Gracias.